『诗词大会』夺冠文库

水浒传诗词赏析

总主编／顾之川
执行总主编／万福成
本书著者／张艳慧　步月

海峡出版发行集团
THE STRAITS PUBLISHING & DISTRIBUTING GROUP
鹭江出版社
山东城市出版传媒集团·济南出版社

图书在版编目（CIP）数据

《水浒传》诗词赏析 / 张艳慧，步月著. —济南：济南出版社，2019.2（2020.6重印）

（诗词大会夺冠文库 / 顾之川，万福成主编）

ISBN 978-7-5488-3556-1

Ⅰ. ①水… Ⅱ. ①张… ②步… Ⅲ. ①《水浒》—古典诗歌—诗歌欣赏 Ⅳ. ①I207.412

中国版本图书馆CIP数据核字（2019）第030480号

丛书策划 冀瑞雪 冯文龙

责任编辑 李廷婷 朱明解

装帧设计 张 倩

出版发行 鹭江出版社（厦门市湖明路22号）

济南出版社（济南市二环南路1号）

印 刷 福州凯达印务有限公司 **联系电话** 0591-63188556

地 址 福州市仓山区建新镇红江路2号金山工业集中区B区47号楼

版 次 2019年3月第1版

印 次 2020年6月第4次印刷

成品尺寸 150mm × 230mm 16开

印 张 8.75

字 数 120千

定 价 25.00元

总序

顾之川

近年来，中国传统文化逐渐成为社会文化热点，一大批语言文化类节目热播，如《汉字英雄》《中国汉字听写大会》《中国成语大会》《中国谜语大会》《朗读者》《经典咏流传》等，均以汉语言文学的无穷魅力吸引了无数观众，特别是青少年，引起社会热烈反响和广泛好评。其中尤以中央电视台的《中国诗词大会》，将中国古典诗词用新颖活泼的电视节目形式呈现出来，受众面广，赞誉度高，影响也最大，成为我国文化领域一道靓丽的风景线。山东城市出版传媒集团·济南出版社以此为契机，组织全国著名的教育专家和教学名师，及时推出这套《“诗词大会”夺冠文库》，展示诗歌之美，聚焦文学魅力，很有眼光和魄力。我承乏担任总主编，非常乐意向广大读者推介。

诗词是人们思想感情的高度凝练，是祖国语言文字的精华荟萃。中国是一个诗的国度，诗歌天空群星璀璨，唐诗、宋词、元曲都代表着一代文学的最高成就，不仅承载着文化传统，凝聚着民族精神，是增强民族认同感、凝聚力和创造力的元典，而且意境深邃，蕴含丰富，语言精练含蓄、生动形象，富有节奏感和音乐美，因而一直是我国中小学语文教育的重要内容。古诗词作品在新的统编语文教材中，不仅分量增多，覆盖面变广，要求也更高。小学、初中编入古诗词128首，高中仅要求背诵的就有40首。阅读诗词尤其是古诗词，不仅可以积累文言知识和文学文化常识，感受汉语言文字的优美和伟大，丰富传统文化素养，吸取中国优秀传统文化的精华，增强文化底蕴。更重要的是，当你遇到相同境遇时，可以得到千百年以前先贤们的抚慰、理解和激励，从中汲取思想、感情和艺术的营养，深化对历史、社会和人生的认识。尤其对于中小学生来说，更可以通过阅读古诗词，陶冶性情，感受真善美，培养审美情趣，发展思维能力。比如，屈原高洁坚贞的人格和对美好政治的理想，陶渊明诗中的率性自然，李白诗中的浪漫情怀，杜甫诗中的家国兴亡之叹，宋词中婉约细致的柔情之歌、慷慨激昂的爱国之声等，可以培养形象思维能力，唤起联想和想象，发展想象力，进而诱发创造性思维，引导我们认识社会，健全人格。再比如，陶渊明“采菊东篱下，悠然见南山”于自然平淡的语言中蕴含深杳情怀，白居易《琵琶行》中对音乐生动形象的描绘，对模仿、借鉴优美的文学语言，发展语言表达能力，都有直接的熏陶感染作用。

这套《“诗词大会”夺冠文库》设计新颖，很有创意，可谓别具匠心。丛书包括两部分，一是《四大名著诗词赏析》，共四册，每册精选了我国文学史上四大名著《红楼梦》《西游记》《水浒传》《三国演义》中有代表性的、能够体现人物性格特点的120首诗词加以赏析，供读者诵读和欣赏，既能让一般读者体会到小说中的诗词之美，又能帮助理解小说故事情节，把握人物性格特征。二是《飞花令》，即采用古代文人墨客行酒令的诗词文字游戏“飞花令”形式，解读诗词名篇佳作。丛书共五册，每册选取古诗词中常见的8个高频字，每字精选了40首左右的诗句，并附有解释。对部分比较生疏的古诗词，采用了整首诗的编辑方式，同时附有注释、赏析，这有利于全面了解诗句的意思和由来等。每册书后附有这套丛书的40个令字的《诗句令字音序检索表》，像查字典一样，便于快捷地查找到所需的诗句。这是一套实用性工具书，是开展古诗词“飞花令”竞赛等相关活动的宝典，方便参赛者有针对性地进行诵读练习。丛书内容为全国知名专家精选而成，其中部分篇目在中央电视台综合频道播出的《经典咏流传》传唱，如王维的《山居秋暝》、苏轼的《定风波·莫听穿林打叶声》、辛弃疾的《青玉案·元夕》、袁枚的《苔》等，深受大众喜爱。

阅读这套文库，至少具有两方面的意义：一是可以帮助读者读懂四大文学名著，更好地理解和欣赏四大文学名著。相对于以往四大名著诗词赏析类的图书，这套丛书的赏析特别强调通俗易懂，便于普及提高，更适用于普通读者。二是能够让参赛者在“飞花令”这种富有高雅情趣的竞赛活动中，促进古诗词的学习和训练，检验积累和诵读的成效，享受古诗词诵读的快乐，提升文化素养和品位。

愿广大读者阅读文学名著，喜爱祖国语文，热爱中华母语。享受古诗词，玩转飞花令！

2018年3月27日　改定于浙江师范大学

目 录

CONTENTS

前言

我国古代四大名著是中华民族文化的瑰宝，是中国文学史上的璀璨明珠，是中国小说史上的珠穆朗玛。它是笔墨写就的史诗，前无古人，后无来者；它字字珠玑，章章宝玉；它是对时代的静穆凝视，也是对历史的深沉思考。

四大名著的突出特色就是故事情节和诗词的融合。这些诗词如碧天里的星星，流光溢彩；它穿越时空，镶嵌在四大名著的长廊。这些诗词连缀的音符，如同大珠小珠在玉盘滴落，韵味无穷。

基于读者对四大名著的热爱，以及目前市场上对四大名著诗词的赏析类读物过于专业和高深的现状，我们萌发了编写一套更为通俗的四大名著诗词赏析读本的想法，以帮助读者更加轻松便捷地理解诗词内容，从而加深对整部作品的理解，形成自己独到的文学鉴赏方法。本套丛书共四本，即《“诗词大会”夺冠文库：〈红楼梦〉诗词赏析》《“诗词大会”夺冠文库：〈三国演义〉诗词赏析》《“诗词大会”夺冠文库：〈水浒传〉诗词赏析》《“诗词大会”夺冠文库：〈西游记〉诗词赏析》。

在内容上，这四本书分别从原著中选取有代表性的经典诗词120首，这些诗词或充分体现人物性格特点，或形象地概述章节内容，内涵丰富，寓意深刻。读之赏之，可以更好地品味小说中的诗词之美和诗词之趣，同时也能更好地理解小说的思想内容，走入人物的精神世界。

在体例上，我们按照小说章节顺序选取诗词，每一篇包括“原文”“注释”“赏析”三部分，“注释”和“赏析”尽量做到通俗易懂、简明扼要。

基于义务教育阶段的阅读要求，以及普通高中课程标准设置的“整本书阅读”的任务群，本套丛书的编写要旨还在于引导学生读经典，读整部书，培养学生的审美能力、鉴赏能力与创造能力，促进其思维发展与提升，使学生通过对中华古典诗词的积累和运用，汲取智慧，丰富思想，领略文化意蕴，强化对中华优秀传统文化的认同，增强文化理解与自信，提高语文核心素养和文化修养。

在编写过程中，编著者查阅参考了大量相关资料，以对四大名著负责任的态度，极其认真地研究推敲每一首选入的诗词，前后对照，反复斟酌，几易其稿。即便如此，水平所限，总有遗憾，书中不足，在所难免，恳请广大读者批评指正。另需要说明的是，因原著成书时间较早，同时受历史因素的影响，本套丛书中有个别消极因素或迷信思想等不符合现代价值观之处，请读者甄别！

编　者

2018年11月

原 文

1. 开篇词

试看书林隐处，几多俊逸儒流。虚名薄利不关愁，裁冰及剪雪①，谈笑看吴钩②。评议前王并后帝，分真伪占据中州③，七雄④扰扰乱春秋。兴亡如脆柳，身世类虚舟⑤。见成名无数，图形无数，更有那逃名无数。霎时新月下长川，江湖变桑田古路。讶求鱼缘木⑥，拟穷猿择木⑦，恐伤弓远之曲木⑧。不如且覆掌中杯，再听取新声曲度。

【注释】

① 裁冰及剪雪：吟诗作赋的意思。冰、雪，代指词意清新的文辞。② 吴钩：春秋时期吴国制造的铜刀，后泛指锋利的刀剑。③ 中州：古代地区名称，或指全中国。④ 七雄：指战国时期齐、楚、燕、韩、赵、魏、秦七个诸侯国。⑤ 虚舟：无人操作，也无人乘坐的空船。比喻漂泊不定。⑥ 求鱼缘木：爬到树上去抓鱼，比喻方向、方法错误，就不能达到目的。缘，爬。⑦ 穷猿择木：比喻困窘之人，因慌急而不能选择栖身之处。⑧ 伤弓远之曲木：伤弓之鸟见曲木而惶恐远避。曲木，弯曲如弓形的树木。

【赏析】

这是《水浒传》开篇第一首词，传达的是作者对当时天下纷乱的看法。

在作者看来，割据称霸不过是扰乱世事，追名逐利也难敌沧海桑田的变迁。求名求利难免为其所伤，不如像书中记载的“俊逸儒流”之人那样，虚名薄利，笑看历史，以一种隐逸恬淡的态度观史观人。

原 文

2. 开篇诗

邵尧夫

纷纷五代[①]乱离间，
一旦云开复见天。
草木百年新雨露，
车书[②]万里旧江山。
寻常巷陌陈罗绮，
几处楼台奏管弦[③]。
人乐太平无事日，
莺花[④]无限日高眠。

【注释】

① 五代：指唐朝灭亡后中原地区依次更替的五个政权，即后梁、后唐、后晋、后汉、后周。960年，赵匡胤陈桥兵变，黄袍加身，篡夺后周政权建立北宋，五代结束。② 车书：车乘的轨辙相同，书牍的文字相同，表示文物制度划一，天下一统。③ 管弦：指音乐。④ 莺花：莺与花，泛指可以赏玩的春日景物。

【赏析】

这是引首部分的开篇诗，有更为明显的叙事风格。

前两联讲述了宋太祖一统天下，结束了五代战乱的局面。政局如云开见日，生活如草木沐浴新雨，从此天下统一。寻常巷陌中可见人们的锦衣华服，楼台上不时传来悠扬的音乐；百姓安居乐业，春日里可以悠闲地赏玩春景。

首联以“云开复见天”比喻五代十国的战乱如阴云蔽天，沉重压抑。江山一统，拨云见日，“复”既写政权更替的反复，又表现出统一愿望最终达成的喜悦。颔联又有比喻，百年间百姓命同草芥，天下统一恰如新雨露，给他们带来了生的希望与活力。对太平盛世的描写，着眼于人们的衣着与生活，细致处便是社会生活的真实反映。

作者引宋朝隐士邵尧夫的诗句置于全文卷首，还是颇有深意的。金圣叹点评道：“一部大书，诗起诗结，天下太平起，天下太平结。”

原　文

3. 引首结诗

万姓熙熙化育①中，
三登②之世乐无穷。
岂知礼乐笙镛③治，
变作兵戈剑戟丛。
水浒寨中屯节侠，
梁山泊内聚英雄。
细推治乱④兴亡数，
尽属阴阳造化⑤功。

【注释】

① 熙熙化育：熙熙，和乐的样子。化育，变化生育。② 三登：天下太平之意。③ 笙镛（shēng yōng）：古代乐器名。镛，大钟。④ 治乱：指政治的开明与纷乱。⑤ 造化：自然。

【赏析】

本诗位于引首与正文的连接处，对全书有概括作用。

首联承接引首，写三代的太平盛世；颔联中“礼乐笙镛”代表的太平之景与“兵戈剑戟”代表的乱世之景的对比，表现了天下形势变化之快。

文中诗歌之前有一段话讲的是，瘟疫使得三十六天罡、七十二地煞下凡，闹遍赵家社稷，这应该是天下变化的原因了。但有意思的是，在道教传说中，天罡、地煞皆为神人，一起合作降妖伏魔。那么，关于赵家三世治理的到底是国泰民安的太平盛世还是奸佞当道的黑暗乱世，似乎要重新定位了。

天罡、地煞一百零八位神人下凡，变成了水泊梁山一百单八将。虽然他们轰动了整个宋国，但在作者看来，他们依然是“节侠”“英雄”，作者对这些人物的推崇之情可见一斑。

原 文

4. 和贾舍人早朝大明宫之作

王 维

绛帻鸡人①报晓筹②，
尚衣③方进翠云裘④。
九天阊阖⑤开宫殿，
万国衣冠⑥拜冕旒⑦。
日色才临仙掌⑧动，
香烟⑨欲傍衮龙浮⑩。
朝罢须裁五色诏⑪，
佩声归到凤池⑫头。

【注释】

① 绛帻（jiàng zé）鸡人：绛帻，用红布包头似鸡冠状。鸡人，古代宫中于天将亮时，有头戴红巾的卫士在朱雀门外高声喊叫，好像鸡鸣，以警百官，故名鸡人。② 晓筹：夜间计时的竹签。③ 尚衣：官名，掌管皇帝的衣服。④ 翠云裘：饰有绿色云纹的皮衣。⑤ 九天阊阖（chāng hé）：九天，谓宫中。阊阖，宫门。⑥ 衣冠：指文武百官。⑦ 冕旒（liú）：古代帝王、诸侯及卿大夫的礼冠。⑧ 仙掌：即障扇，宫中的一种仪仗，用以蔽日挡风。⑨ 香烟：这里是和贾至原诗“衣冠身惹御炉香”意。⑩ 衮龙浮：衮龙，即卷龙，指皇帝的龙袍。浮，指袍上锦绣光泽的闪动。⑪ 裁五色诏：裁，拟写。五色诏，用五色纸写的诏书。⑫ 凤池：中书省所在地。

【赏析】

本诗出自《水浒传》第一回《张天师祈禳瘟疫　洪太尉误走妖魔》。

本诗作者是王维，这首诗描写的是早朝的情景。诗前两句写早朝前的准备；中间四句正面写早朝的情景；最后两句写贾至早朝后的政务。这首诗利用细节描写和场景渲染，描绘了早朝时的庄严肃穆和皇帝的尊贵。

原 文

5. 行路风景词

遥山叠翠，远水澄清。奇花绽锦绣铺林，嫩柳舞金丝拂地。风和日暖，时过野店①山村；路直沙平，夜宿邮亭②驿馆③。罗衣④荡漾红尘内，骏马驱驰紫陌⑤中。

【注释】

① 野店：荒郊的客栈。② 邮亭：邮递活动中的一种设施，指古时传递文书的人沿途休息的处所，或邮局在街上设立的收寄邮件的处所，看起来像一个亭子，所以被大家称之为邮亭。③ 驿馆：驿站的客舍。④ 罗衣：轻软丝织品制成的衣服。⑤ 紫陌：大路。紫，指道路两旁草木的颜色。陌，本是指田间的小路，这里借指道路。

【赏析】

本词出自《水浒传》第一回《张天师祈禳瘟疫　洪太尉误走妖魔》。

这首词描写的是洪信一行人带着诏书，从东京到信州沿途所见。《水浒传》中经常以诗词的形式进行描写，比起一般的散文化描写，除了优美的画面外，更多了音韵上的和谐。

景色由远景展开，山水一出，画面纵向延展千里：最远的地方染着一层叠一层的翠绿色，水面澄澈透亮。

接下来是近景的描写：路边到处是怒放的奇花和嫩枝垂地的柳树。“铺”字写出了花路由近及远展开的过程；柳枝轻触地面本是自然状态，“拂”字则道出柳条对大地的爱恋。两个动词化静为动，使整个画面充满了情趣。

按照传统的写景叙事习惯，景物描写之后则是一行人的行路过程，经过一村又一村，住过一驿又一驿。虽然路途遥远，但是能在这样的美景中赶路，宛若画中行，也会让人身心愉快。

原 文

6. 虎啸山林

毛披一带黄金色，
爪露银钩十八只。
睛如闪电尾如鞭，
口似血盆牙似戟①。
伸腰展臂势狰狞，
摆尾摇头声霹雳。
山中狐兔尽潜藏，
涧下獐狍②皆敛迹。

【注释】

① 戟（jǐ）：我国古代独有的兵器。实际上戟是戈和矛的合成体，它既有直刃，又有横刃，呈 “十”字或“卜”字形。② 獐狍（zhāng páo）：鹿一类的动物，比鹿小，夏季毛呈栗红色，冬季毛呈棕褐色，雄性獐狍有分枝状的角。

【赏析】

本诗出自《水浒传》第一回《张天师祈禳瘟疫　洪太尉误走妖魔》。

《水浒传》中写到老虎的地方有三处，分别是洪太尉遇虎、武松打虎、李逵杀四虎，可谓各有千秋。洪太尉遇虎，都是关于老虎的描写，不像后面两位英雄遇虎时还有颇多人虎相斗的场景。

洪太尉遇到的这只老虎，毛色金黄，利爪闪着银光，光是这金银两色就让人觉得威武。后两句连用四个比喻，以闪电写眼神的犀利，以软鞭写尾巴的有力，以血盆喻老虎张口时的凶猛，以戟喻牙齿的锋利。再加上前两句的描写，勾勒出百兽之王令人生畏的气场。

接下来还是直接描写，写老虎的动态。它伸腰展臂，面目狰狞；摇头摆尾，叫声如霹雳震耳欲聋，动起来更是让人感到震撼。

之后，作者用狐兔潜藏、獐狍敛迹写其他动物闻风而逃的反应，侧面表现了老虎的威猛。

原　文

7. 对战词

一来一往，一上一下。一来一往，有如深水戏珠龙；一上一下，却似半岩争食虎。左盘右旋，好似张飞[①]敌吕布[②]；前回后转，浑如敬德[③]战秦琼[④]。九纹龙[⑤]忿怒，三尖刀[⑥]只望顶门飞；跳涧虎生嗔[⑦]，丈八矛[⑧]不离心坎刺。好手中间逞好手，红心里面夺红心。

【注释】

① 张飞：三国时期蜀汉重要将领，使用丈八点钢矛，以勇猛、鲁莽、疾恶如仇著称。② 吕布：东汉末年名将，汉末群雄之一。由于《三国演义》及各种民间艺术的演绎，吕布被公认为“三国第一猛将”。③ 敬德：鄂国忠武公尉迟恭，字敬德，唐朝名将，凌烟阁二十四功臣之一。④ 秦琼：字叔宝，隋末唐初名将。勇武过人，亦为凌烟阁二十四功臣之一，陪葬昭陵。⑤ 九纹龙：史进的绰号。⑥ 三尖刀：三尖刀属长兵器，又称三尖两刃刀，古代武器的一种。⑦ 跳涧虎生嗔（chēn）：跳涧虎，陈达的绰号。嗔，怒，生气。⑧ 丈八矛：中国古代武器的一种。

【赏析】

本词出自《水浒传》第二回《王教头私走延安府　九纹龙大闹史家村》。

陈达打算到史进庄上打劫粮食，史进早有防范。史进带领史家庄人在村北路口抵抗贼人的进攻时，他与陈达两人都在马上以各自的兵器相搏，打斗的动作非常清晰。首句总领后两句。两位习武之人，一人手持丈八点钢矛，一人惯使三尖两刃刀，长兵器对长兵器，交马对刺，来往几回。

打斗的场面有远景描写，有近景描写，有细节描写，由远及近，节奏越来越快，气氛越来越紧张。读者能跟随语言的描述，仿佛置身于二人相斗的场景中。

在语言方面，对仗工整，如“有如”对“却似”，“深水”对“半岩”，“戏珠龙”对“争食虎”。每一句都是两两相对，这才有了朗朗上口的感觉。

原 文

8. 中秋赏月

午夜初长，黄昏已半，一轮月挂如银。冰盘①如昼，赏玩正宜人。清影十分圆满，桂花玉兔②交馨。帘栊③高卷，金杯频劝酒，欢笑贺升平④。年年当此节，酩酊⑤醉醺醺。莫辞终夕饮，银汉⑥露华新。

【注释】

① 冰盘：喻指月亮。② 桂花玉兔：传说嫦娥飞到月宫后，非常寂寞，只有一棵桂花树和一只玉兔陪伴。后来也以桂花玉兔代指月亮或月亮上的景色。③ 帘栊（lóng）：窗帘和窗牖，也泛指门窗的帘子。④ 升平：太平。⑤ 酩酊：大醉。⑥ 银汉：天河，亦称银河。

【赏析】

本词出自《水浒传》第二回《王教头私走延安府　九纹龙大闹史家村》。

中秋佳节之际，史进吩咐庄客宰羊杀鸡鹅，准备与朱武、陈达、杨春三个头领一起过节。这首词写的是客人到来之前，圆月刚刚升起时的情景。

圆月升起如银盘一般，挂在天际非常明亮，映得夜如白昼，正好让人玩赏。满月之时，月影圆圆，似乎可以看到桂花树和捣药的玉兔。人们在中秋时节往往要推杯换盏，把酒言欢，这是自古的风俗习惯，是为了庆贺团圆，祈求远方的亲人平安。这首词中作者把写景、叙事、抒情巧妙地融合在一起，为我们展现出惬意生活的美好画面。

原 文

9. 叹史进

暑往寒来春夏秋，
夕阳西下水东流。
时①来富贵皆因命，
运去贫穷亦有由②。
事遇机关③须进步④，
人当得意便回头。
将军战马今何在？
野草闲花满地愁。

【注释】

① 时：机会。② 由：原因。③ 机关：周密而巧妙的计谋或计策。④ 进步：知进退之意。

【赏析】

这是《水浒传》第三回《史大郎夜走华阴县 鲁提辖拳打镇关西》开篇的一首七律诗。

第二回和第三回讲了史进本是富家子弟，但是结交了在少华山落草为寇的朱武等人，便惹来了官府缉拿，最后一把火烧掉了自家宅院的故事。

首联以四季轮回、时光流转开篇，这便是历史前行的方式。以这种方式开篇的诗歌，大多都是描绘宏观景象的变化。读到这两句诗，我们的脑海中会像快进镜头一般出现四季交替、大河东去的景象。

颔联言富贵贫穷皆有原因，虽然前一句多少有一些宿命的论调，但是后一句点醒人们万事皆有因果。史进人生的大起大落不就是这句话的真实写照吗？

颈联乃是接上一联人生规律的劝谏之句。正因为事有因果，遇事时才要有分寸，困难时知进，得意时知退。遇到困难能砥砺前行，成功之时不被胜利冲昏头脑。

尾联回应首联，岁月流逝，那些曾经的英雄人物、英雄事迹都被时光淹没，只剩下野草闲花留于世间。表面看这一句充满落寞之感，好似让人们不要纠结在经历的起伏上，但是结合诗的颈联、颔联可知，作者承认人生短暂，需要以一种豁达的心态来面对，而具体到人生某一阶段的时候，要谨慎迈好每一步。

原　文

10. 潘家酒肆歌

风拂烟笼锦旆①扬，
太平时节日初长。
能添壮士英雄胆，
善解佳人愁闷肠。
三尺②晓垂杨柳外，
一竿③斜插杏花傍。
男儿未遂平生志，
且乐高歌入醉乡。

【注释】

① 锦旆：亦称酒望、酒帘、青旗、酒旗等。酒旗相当于现在的招牌、灯箱或霓虹灯之类。在酒旗上署上店家字号，或悬于店铺之上，或挂在屋顶房前，或于肫另立一根望竿，扯上酒旗，让其随风飘展，以达到招揽顾客的目的。酒旗还有一个重要作用，那就是酒旗的升降是店家有酒或无酒、营业或不营业的标志。早晨起来，开始营业，有酒可卖，便高悬酒旗；若无酒可售，就降下酒旗。后文“晓垂”应指早上插上酒旗营业。② 三尺：指酒旗的大小。③ 一竿：指的是望竿，用于悬挂酒旗。

【赏析】

本诗出自《水浒传》第三回《史大郎夜走华阴县　鲁提辖拳打镇关西》。

《水浒传》里写到的酒家大大小小有三十几个，这一个是李忠、史进、鲁达三人在州桥之下看到的潘家有名的酒肆。诗前交代，酒肆“李白点头便饮，渊明招手回来”。李白和陶渊明都是爱酒之人，能在这里饮酒，自然可知这家酒肆之好。

这家酒肆很有代表性，早上有酒，门口斜插望竿，上挂酒旗以招揽客人。酒肆周边环境优雅，州桥之下，门前有垂柳杏花。再加上当天微风拂面，甚是惬意！

这段酒肆的描写既承接前面的三人小聚，又为下文鲁提辖拳打镇关西拉开了序幕。

原　文

11. 文殊院僧茶

玉蕊金芽①真绝品，
僧家制造甚工夫。
兔毫盏②内香云白③，
蟹眼汤④中细浪铺。
战退睡魔⑤离枕席，
增添清气入肌肤。
仙茶自合桃源种，
不许移根傍帝都。

【注释】

① 玉蕊金芽：玉蕊，指茶叶采摘时极嫩，只有一芽，玉色。金芽，金色的茶芽，比喻茶叶极为珍贵。② 兔毫盏：宋朝建窑最具代表的产品之一。在黑色釉中透露出均匀细密的筋脉，因形状犹如兔子身上的毫毛一样纤细柔长而得名。③ 云白：指茶汤的颜色，茶色贵白。④ 蟹眼汤：初沸的水。⑤ 睡魔：指人受强烈睡意的侵袭。

【赏析】

这首诗出自《水浒传》第四回《赵员外重修文殊院　鲁智深大闹五台山》。

赵员外送鲁达上五台山文殊院剃度，二人与长老品茶，这首诗便是写此茶之好。

首先茶叶好，嫩如“玉”，亮如“金”，自然是绝品好茶，更何况这是僧家精心制作的。然后是茶具雅致，用的是珍贵的兔毫盏。茶叶入杯，初沸之水刚刚冒出蟹眼似的水泡，冲入茶中用茶筅搅拌。茶汁均匀，泡沫发白，如同堆云积雪，这时茶香四溢，身心浸润其中是何等雅事。

这段喝茶的描写，向我们展现了宋代的茶文化。宋代的文人雅士将茶提升到文化的层面，融入自己的日常生活中，连僧侣待客都是这般讲究。

此诗的最后一联似有深意。仙茶本生于桃源，受水土滋养，自然品质优良，却不能移种到帝都。这里是不是有以茶喻人之意？英雄一旦离开了英雄的土壤，归附朝廷，便可能会失去英雄的本色。

原　文

12. 醉歌行

金瓯[①]潋滟[②]倾欢伯[③]，
双手擎[④]来两眸白。
延颈长舒似玉虹[⑤]，
咽吞犹恨江湖窄。
昔年侍宴玉皇[⑥]前，
敌饮[⑦]都无两三客。
蟠桃烂熟堆珊瑚，
琼液浓斟浮琥珀[⑧]。
流霞[⑨]畅饮数百杯，
肌肤润泽腮微赤。
天地闻知酒量洪，
敕令[⑩]受赐三千石。
飞仙劝我不记数，
酩酊神清爽筋骨。
东君[⑪]命我赋新诗，
笑指三山[⑫]咏标格[⑬]。
信笔挥成五百言，
不觉尊前堕巾帻[⑭]。
宴罢昏迷不记归，
乘鸾误入云光宅[⑮]。

【注释】

① 金瓯：酒杯的美称。② 潋滟：水满的样子。③ 倾欢伯：倾，倒。欢伯，指酒的别名。④ 擎：满怀敬意地向上托举。⑤ 玉虹：喻流水。⑥ 玉皇：天帝，亦称玉帝。⑦ 敌饮：对饮。⑧ 琥珀：指美酒。⑨ 流霞：传说中神仙喝的饮料。⑩ 敕令：指帝王所发布的命令、法令。⑪ 东君：指日神。⑫ 三山：传说中的海上三神山——方丈、蓬莱、瀛洲。⑬ 标格：风范、品格。⑭ 巾帻：头巾，以幅巾制成的帽子。⑮ 云光宅：云光殿。⑯ 千锺：千杯。⑰ 草书：本诗作者是张旭，著名书法家，擅长草书。他性格豪放，嗜好饮酒，常在大醉后手舞足蹈，然后回到桌前，提笔落墨，一挥而就。

【赏析】

本诗出自《水浒传》第四回《赵员外重修文殊院　鲁智深大闹五台山》。

作者引张旭的《醉歌行》，说鲁达在文殊院第一次醉酒的情景。诗中人在酒醉后的言行举止也甚是可爱。

前四句写杯中斟满美酒，饮酒人双手举杯，伸长脖子，把美酒一饮而尽还觉得不够痛快！

接下来十句讲喝得飘飘欲仙时，以夸张手法说自己在仙境畅饮百杯无敌手，只是稍微有点脸红而已。天帝看自己酒量大，赐酒三千石，不知道喝了多少杯直到酩酊大醉才觉得神清气爽。一个醉汉，一边饮酒，一边吹牛，真性情外露。

饮酒人并没有神志不清，醉酒之时还能赋

新诗，咏标格，可见其才情之大。

最后六句可以看出饮酒人是真的喝醉了，此时已经不辨方向，读者完全可以想象出他东倒西歪的模样。

鲁达是粗人，自然不会像张旭这样醉酒后还能赋诗。作者引用这首诗的目的是以诗中酒醉之人来描摹鲁达从畅饮到絮语，再到烂醉的饮酒过程和醉态。

原 文

仙童扶下紫云来，
不辨东西与南北。
一饮千锺[16]百首诗，
草书[17]乱散纵横划。

原　文

13. 傍村酒肆歌

傍村酒肆已多年，
斜插桑麻古道边。
白板凳①铺宾客坐，
矮②篱笆用棘荆编。
破瓮榨成黄米酒③，
柴门挑出布青帘④。
更有一般堪笑处，
牛屎泥墙⑤画酒仙。

【注释】

① 白板凳：没刷油彩的白板凳。② 矮：有的版本作“须”。③ 黄米酒：软谷米或者大黄米自然发酵酿制的米酒。④ 布青帘：用青布做的酒幌。⑤ 泥墙：涂饰、粉刷墙壁。

【赏析】

本诗出自《水浒传》第四回《赵员外重修文殊院　鲁智深大闹五台山》。

鲁智深在五台山下寻了很久才找到一家肯卖给他酒吃的乡村酒肆。本诗以白描的手法，勾勒出一幅乡村酒肆的画卷。

这是一家有年头的位置偏僻的酒肆，门前有一条小路连着古道。客人们坐的是没有刷油彩的白板凳，围墙是用长短不一的棘荆编成的篱笆矮墙。用破瓮盛着黄米酒，门是柴门，酒幌是青布帘。一连串的侧面描写，未有一字言简陋，却处处尽显酒肆的简陋。

可是这些依然掩盖不住酒肆的风格：更为简陋的牛屎墙上居然还有画，画的是酒仙。既体现出酒肆的经营特色，又寄托了酒肆主人的美好愿望——来的客人酒量不俗。

朴实的店铺配上平实的语言，让人对乡村酒肆的感受更加形象、强烈。与前文有名的潘家酒肆比，从环境到装潢，再到客人，乡野酒肆自然无法与之相比。但是作者的高明之处正在于此，什么风格的描述，就搭配什么风格的语言。语言功力实在让人赞叹！

原　文

14. 山村暮景

山影深沉，槐阴渐没。绿杨影里，时闻鸟雀归林；红杏村中，每见牛羊入圈。落日带烟生碧雾[①]，断霞[②]映水散红光。溪边钓叟[③]移舟去，野外村童跨犊归。

【注释】

① 碧雾：青色的云雾。② 断霞：片段的云霞。③ 钓叟（sǒu）：钓翁，渔翁。

【赏析】

这首词出自《水浒传》第五回《小霸王醉入销金帐　花和尚大闹桃花村》。

这首词讲的是鲁智深离开五台山文殊院，前往东京途中所见之景。开头两句交代时间，山影与树荫是光线不明产生的，现在渐渐消失，预示着天快要黑了。山影是远景，树荫是近景，远近结合，一个“渐”字让读者仿佛感觉到一丝丝的光亮正被一点点抽走。

“绿杨影”“红杏村”不一定是实写颜色，但是“绿”“红”相对，着色亮丽活泼。倦鸟知回，牛羊归圈，彩色静景加上鸟儿、牛、羊的活动，营造出静谧温馨的气氛。

“落日带烟生碧雾，断霞映水散红光”两句，再转向对远景的描绘，光与雾气产生了神奇的作用，画面的背景也着色了。读者的视野从具体的景物又被拉到了极远处，画面随之开阔起来。

最后两句，这幅山水画中的人终于出现了：渔翁划着小船，牧童骑着小牛，他们从画卷的一端慢慢地、悠闲地移向画卷的另一端。

山居暮景，一切都是那么自然而静雅。难怪鲁智深会贪看秀丽山水而赶不上投宿处。

原　文

15. 赏宝刀

清光夺目，冷气侵人。远看如玉沼[①]春冰，近看似琼台[②]瑞雪。花纹密布，鬼神见后心惊；气象纵横，奸党遇时胆裂。太阿巨阙[③]应难比，干将莫邪[④]亦等闲。

【注释】

① 玉沼：清澈晶莹的水塘。② 琼台：玉饰的楼台。③ 太阿巨阙：太阿，古宝剑名。相传为春秋时欧冶子、干将所铸。巨阙，古代名剑，相传为春秋时期铸剑名师欧冶子所铸，巨阙钝而厚重，但其坚硬无比，故号“天下至尊”，其他宝剑不敢与之争锋。④ 干将莫邪：是干将、莫邪铸的两把剑。干将是雄剑，莫邪是雌剑。

【赏析】

本词出自《水浒传》第七回《花和尚倒拔垂杨柳　豹子头误入白虎堂》。

武侠小说中好的兵器会产生“气”，比如剑有“剑气”。这首诗中的宝刀也有“刀气”，刀气袭人。水塘上结的薄冰，写刀体的透感；楼台上覆盖的瑞雪，写刀的颜色。用鬼神和奸党见后的反应，从侧面表现宝刀散发出来的正气。

作者运用对比手法，将此刀与世上名剑太阿、巨阙、干将、莫邪相比。这四把剑本就是不可多得的神器，可是这把刀能让它们失色，足见铸造得有多精妙。

原 文

16. 官道酒店

古道孤村，路傍酒店。杨柳岸晓垂锦旆，杏花村风拂青帘[①]。刘伶仰卧画床前，李白醉眠描壁上。闻香驻马，果然隔壁醉三家；知味停舟，真乃透瓶香十里。社醞壮农夫之胆，村醪助野叟之容。神仙玉佩曾留下，卿相金貂也当来。

【注释】

① 青帘：旧时酒店门口挂的幌子，多用青布制成。

【赏析】

本词出自《水浒传》第九回《柴进门招天下客　林冲棒打洪教头》。

鲁智深在野猪林救下林冲后，加上押解林冲的两个差人，一行四人来到官道上的一家酒店。这家酒店与前文村镇的酒店又有不同。

“杨柳岸”在古代诗词中是一个有特殊含义的意象，多代指分别之处。结合官道这一场景，本诗中的杨柳岸可能不是写实之景，只是借之表明“在旅途”。杏花村，因为一句“借问酒家何处有，牧童遥指杏花村”而成为酒家的代名词。这两句连起来就是官道上有一家酒店，门口挂着酒旗，旗子在晨风中轻扬。

这家酒店的装修显然要比简陋村店“牛屎泥墙画酒仙”好太多，室内墙上画的是饮酒界的名人刘伶与李白。“闻香驻马，知味停舟”是客人对酒的反应，两个侧面描写突出了“酒香留客”的特点。“醉三家，香十里”是对酒香的直接描写，似乎这还不能充分地体现酒的醇香，作者用夸张手法再进一步描写：酒香穿越墙壁还能醉三家，香气穿透瓶壁还能香十里！

只写酒香还不够，还要写酒有多好喝。农夫、野叟自然是不必说，连神仙、卿相都要押下玉佩和金貂换酒喝。又是一个侧面描写加夸张手法，不写客人的赞美之词，而用客人宁可典当了随身宝物也要换酒的行为，淋漓尽致地表现出酒之妙。

原 文

17. 临江仙

作阵成团空里下，这回忒[1]杀堪怜，剡溪[2]冻住子猷[3]船。玉龙鳞甲舞，江海尽平填。　宇宙楼台都压倒，长空飘絮飞绵。三千世界玉相连，冰交河北岸，冻了十馀年。

【注释】

① 忒：太。② 剡溪：水名。③ 子猷：晋王徽之的字。王徽之居会稽时，雪夜泛舟剡溪，访戴逵，至其门不入而返。人问其故，则曰：“本乘兴而行，兴尽而返，何必见戴！”遂传为佳话。

【赏析】

这首词出自《水浒传》第十回《林教头风雪山神庙　陆虞候火烧草料场》。

林冲被刺配到沧州，看守军队的草料场，在去草料场的路上，“却早纷纷扬扬卷下一天大雪来”。这首诗便是写雪之大和雪之密。

这雪好似没有酝酿的过程，开头便是一团一团的雪从天空砸下来。雪能有多大？作者借雪夜访戴的典故，说王徽之当年访戴逵的那场大雪根本算不得什么，这场雪都已将溪水冻住了。此处典故用其事，可以让大家了解雪之大。

“玉龙鳞甲舞，江海尽平填。”这两句可以说是对雪景动态的直接描写。风夹着雪漫天飞舞，风力强劲之处，雪借风形仿佛凝成了一条白色的玉龙，玉龙过处，雪花纷飞，好似龙的鳞甲乱舞。雪很快覆盖了大地，已经不能辨认地貌，只剩下白茫茫一片。前一句比喻写雪之密，后一句夸张写雪之大。结合前句用典，上片写雪虚实相生。

下片开头就用“絮”“绵”比喻雪片的大；用“玉”字比喻银装素裹的世界；夸张手法写雪之大，压倒了宇宙间的所有建筑。其实也不全然是夸张，后文中林冲住的草屋就被大雪压塌。也多亏这场大雪压塌草屋才救了林冲一命，看来一开始就让雪下如此之大，对后文故事情节发展还有一定的推动作用。

原文

18. 草料场大火

一点灵台①，五行②造化，丙丁③在世传流。无明④心内，灾祸起沧州⑤。烹铁鼎能成万物，铸金丹⑥还与重楼。思今古，南方离位⑦，荧惑⑧最为头。绿窗归焰烬，隔花深处，掩映钓渔舟。鏖兵⑨赤壁，公瑾⑩喜成谋。李晋王⑪醉存馆驿，田单⑫在即墨驱牛。周褒姒骊山一笑⑬，因此戏诸侯。

【注释】

① 灵台：心灵。② 五行：指金、木、水、火、土。③ 丙丁：古人以天干配五行，丙火属纯阳之火，丁火属纯阴之火。④ 无明：指怒火。⑤ 沧州：地名，在河北。⑥ 金丹：仙人道士炼制的不老药。⑦ 离位：八卦中离位为火，为南方。⑧ 荧惑：即火星。⑨ 鏖（áo）兵：大规模的激烈战争。⑩ 公瑾：东汉末年吴国的大都督周瑜，以火烧赤壁一战成名。⑪ 李晋王：李克用因平黄巢有功，被封为晋王。朱温为答谢李克用出兵相助，在汴州驿馆上源驿设宴款待。李克用年轻气盛，在酒席上异常骄横。当天晚上，朱温包围了驿馆，纵火放箭，想斩草除根。李克用在亲随的保护下，加上雷雨掩护，总算捡了条命。⑫ 田单：田单用火牛计光复齐国。⑬ 周褒姒骊山一笑：周幽王为博褒姒一笑，点燃了烽火台，戏弄了诸侯。

【赏析】

本词出自《水浒传》第十回《林教头风雪山神庙　陆虞侯火烧草料场》。

这是林冲到达山神庙后对草料场大火的描写。这首词采用古典小说常用笔法，像文字游戏，全词没有一个“火”字，但是每句都暗扣一个“火”字，有关于火的神话传说、历史典故都被融合在一起。第一句写五行，丙丁属火；第二句写无明心内是火，祸起沧州，指草料场的这场大火；第三句写烹鼎炼丹用火；第四句写八卦中离位代表火，荧惑是火星代称；第五句写火焰；第六句写火烧赤壁；第七句写李克在火箭中逃生，田单用火牛计光复齐国；第八句写烽火戏诸侯。

原 文

19. 百字令

完颜亮

天丁震怒①，掀翻银海，散乱珠箔②。六出③奇花飞滚滚，平填了山中丘壑。皓虎④颠狂，素麟⑤猖獗，掣断珍珠索。玉龙酣战，鳞甲满天飘落⑥。谁念万里关山，征夫僵立⑦，缟带⑧沾旗脚。色映戈矛，光摇剑戟，杀气横戎幕⑨。貔虎⑩豪雄，偏裨⑪英勇，共与谈兵略⑫。须拚一醉，看取碧空寥廓。

【注释】

① 天丁震怒：天丁，天兵，一说为天上的六丁神。震怒，大怒，异常愤怒。② 珠箔：即珠帘。③ 六出：雪花六角，因此用之为雪花的别名。④ 皓虎：白色的老虎。⑤ 素麟：白色的麒麟。⑥ 玉龙酣战，鳞甲满天飘落：张元的诗句有“战罢玉龙三百万，败鳞残甲满天飞”一说，以此形容飞雪。⑦ 僵立：因寒冷而冻得僵硬直立。⑧ 缟带：白色的衣带。⑨ 戎幕：行军作战时的营帐。⑩ 貔（pí）虎：比喻勇猛的军队。⑪ 偏裨：偏将与裨将，古时将佐的通称。⑫ 兵略：即战略。

【赏析】

这首词出自《水浒传》第十一回《朱贵水亭施号箭　林冲雪夜上梁山》。

这首词写于林冲在山神庙杀了陆虞侯一行人之后，风雪中被柴进庄客缚到庄中之时。开篇气势磅礴，作者认为一定是天丁震怒才会有这翻天大雪。

完颜亮用“皓虎”“素麟”“玉龙”形象地写出了大雪的来势汹汹，在天空中随风到处冲击的情势。这组博喻选择了最为神勇的三个神兽，色彩、力度兼有。

写景抒情结束，后文紧接着写了立于风雪之中的战士，白色衣袋沾着旗角，戈矛剑戟银光闪闪，霸气外露。将领神武，军士英勇，抒写出军旅的万丈豪情。

这首词本是大金完颜亮所作，用在此处，一来延续前文诸多对雪景的描写，二来借用词中的豪迈之气给林冲“壮那胸中杀气”。

原 文

20. 林冲题壁诗

林 冲

仗义是林冲，
为人最朴忠。
江湖驰闻望①，
慷慨聚英雄。
身世悲浮梗②，
功名类转蓬③。
他年若得志，
威镇泰山④东！

【注释】

①闻望：名誉声望。②浮梗：喻漂泊不定。③转蓬：随风飘转的蓬草。④泰山：五岳之首，在今山东泰安境内。

【赏析】

这首诗出自《水浒传》第十一回《朱贵水亭施号箭　林冲雪夜上梁山》。

林冲雪夜离开沧州，准备投奔到水泊梁山。到了朱贵酒家喝酒，有感而发，乘酒兴题诗于墙壁。

林冲曾是八十万禁军教头，为人仗义，有着很好的名声。可是从娘子遇到高衙内之后，林冲屡屡被陷害，不仅功名前途尽数被毁，连性命都难以保全。往昔的意气风发和当下的穷途末路相比，怎能不让林冲伤感！

林冲是水泊梁山一百单八将中塑造得非常成功的一个形象。他的改变是被高俅一伙一步步陷害，由外及内产生的，他对旧日生活的希望也是在一次次的打击下一点点破灭的。从这首诗中我们还能看到，林冲对未来还是抱有希望的，还幻想着有得志的一天。结尾一句充满了振奋、雄浑的气势，显示出他性格中慢慢被激发出来的反抗意识。

原 文

21. 临江仙

闷似蛟龙离海岛，愁如猛虎困荒田，悲秋宋玉[①]泪涟涟。江淹初去笔，霸王恨无船。 高祖荥阳遭困厄，昭关伍相受忧煎，曹公赤壁火连天。李陵台上望，苏武陷居延。

【注释】

① 悲秋宋玉：战国时楚国文学家宋玉作《九辩》：“悲哉，秋之为气也，萧瑟兮草木摇落而变衰。”

【赏析】

这首词出自《水浒传》第十一回《朱贵水亭施号箭 林冲雪夜上梁山》。

林冲按照柴进所说，投奔到水泊梁山。怎奈那时的大头领王伦嫉贤妒能，害怕林冲抢了他们的山寨，就多方刁难，限林冲三日内杀一人作为投名状方能入伙。第一天路上没有过客，林冲空手而归；第二天客人一伙三百余人，林冲不敢动手。此时王伦再次强调，只剩一日，如无投名状则不必相见。

留在梁山泊是林冲最后的机会，如果离开这里，林冲也不知道天地之大，何处可以容身。所以，在最后的限期到来之时，林冲充满了无限的愁情。

林冲的苦闷，作者用两种手法表现。先是用两个比喻，把这种愁比喻成蛟龙离海，虎困荒田，再勇猛有力的神兽，离开了自己的天地也无法施展，形象地写出了林冲当时的处境对他的束缚。接着连用了宋玉、江淹、霸王、高祖、伍相、曹公、李陵、苏武八人的典故，以这些人的愁绪跟林冲的愁绪进行对比，一层叠一层，给人绵绵不断的感觉。一代英雄，山穷水尽到如此地步，真的是让人郁愤不已啊！

原　文

22. 杨志求官

清白传家①杨制使②，

耻将身迹履危机③。

岂知奸佞④残忠义，

顿使功名事已非。

【注释】

① 清白传家：杨志是三代将门之后，五侯杨令公之孙，一门忠义之士，故称清白传家。② 制使：宋代殿前司所属下级军职。③ 履危机：置身于危险境地。④ 奸佞：奸邪谄媚的人。

【赏析】

这首诗出自《水浒传》第十二回《梁山泊林冲落草　汴京城杨志卖刀》。

杨志是三代忠臣之后，应该是这个国家最忠诚的保卫者，但是他的仕途非常坎坷：护送花石纲，在黄河里翻船；好容易赦罪补个官职，又被高太尉旧事重提赶了出来；街上杀了没毛大虫牛二，惹上官司，被发配到北京大名府留守司充军；梁中书让他押运生辰纲，又被梁山好汉劫走。

虽然杨志的任务没有一个是正确的，但是他还是竭尽所能地去完成，希望在官场上有自己的一席之地。可是他的前途还是因任务失败而断送，他一次又一次被压制在底层。

杨志被逼上梁上与林冲有几多异同。相同之处在于，他们都是出身于统治阶级内部，都遭遇了仕途的坎坷，都是在不幸中逐步走出了对统治阶层的幻想，最后都被逼上了梁山。有所不同的是，林冲是被逼得再无“活路”，杨志是被逼得再无“机会”。他们这样的人落草为寇，充分说明了那个时代的黑暗与不公。

原 文

23. 临江仙

万卷经书曾读过，平生机巧[①]心灵。六韬三略[②]究来精。胸中藏战将，腹内隐雄兵。

谋略敢欺诸葛亮[③]，陈平[④]岂敌才能，略施小计鬼神惊。名称吴学究[⑤]，人号智多星。

【注释】

① 机巧：机智巧妙。② 六韬三略：反映古代汉族军事思想的重要著作。泛指兵书、兵法。③ 诸葛亮：三国时期蜀汉丞相，杰出的政治家、军事家、散文家、书法家、发明家。在世时被封为武乡侯，死后追谥忠武侯，东晋政权因其军事才能特追封他为武兴王。④ 陈平：足智多谋，用奇计辅佐刘邦夺得天下，汉初被封为曲逆侯。⑤ 学究：吴用是读书人，又在财主家任门馆教授，所以称其为学究。

【赏析】

这首词出自《水浒传》第十四回《赤发鬼醉卧灵官殿　晁天王认义东溪村》。

刘唐和雷横相斗，被吴用看见，于是出言相劝，引出了吴用的出场。

我们可以看到吴用的特点：读书人，精通兵法，有相当的才干。作者在表现他的才干时，将他与诸葛亮和陈平这两位历史上因兵法建功立业之人做对比，甚至还让吴用胜出一筹，吊足了读者的胃口。从《水浒传》的故事来看，仅就回目中提到吴用的就有八回，更不用说其他故事中吴用参与的事件了，给吴用这样的评价也不为过。

吴用在《水浒传》中是军师，对整个山寨的英雄聚义和兴旺发展做出了巨大的贡献。征战中，他用自己的智慧化险为夷，引领梁山军队取得了一次又一次胜利。

吴用有情有义，无论是跟随晁盖，还是追随宋江，他都把情义放在最重要的位置。可以说吴用是一个要才有才、要义有义的侠义之士，无愧于“智多星”的称号。

原 文

24. 水阁酒店

前临湖泊，后映波心。数十株槐柳绿如烟，一两荡荷花红照水。凉亭上四面明窗，水阁中数般清致①。当垆②美女，红裙掩映翠纱衫；涤器③山翁，白发偏宜④麻布袄。休言三醉岳阳楼，只此便为蓬岛客。

【注释】

① 清致：清雅的风度。② 当垆：指卖酒。垆，放酒坛的土墩。③ 涤器：洗涤器物。④ 偏宜：最宜，特别合适。

【赏析】

这首词出自《水浒传》第十五回《吴学究说三阮撞筹　公孙胜应七星聚义》。

吴用拉阮氏三雄入伙，来到水上酒店，与陆地上的酒店相比较，这家酒店“水”的特色浓郁。

酒店建于水亭之上，三面环水，建筑倒映在水中，平添几分画意。前有绿柳如烟，后有红荷照水，客人一转身便是两般景致，岂不美哉！再加上凉亭四面通透，置身其中宛若人在画中。

酒垆里的美女，上衣似荷，下衣若柳，人与自然和谐一体。白发老翁着麻布袄，反衬出纱衣美女的衣着俏丽。

无论是景色还是景中之人，都透着天地的灵气，整个画面用色清雅，充满了活力。难怪客人觉得这里不比岳阳楼差，一醉方休之时，更觉得仿佛进入了人间仙境。

诗歌选用了极具水乡特色的意象，湖泊、波心、槐柳、荷花、凉亭、水阁，拼成了一幅水上酒肆独有的画卷。虽然没有更具酒肆风格的装饰，仅就自然所借之景，也足以让它独树一帜了。

原　文

25. 鹧鸪天

罡星起义在山东，杀曜纵横水浒中。可是七星成聚会，却于四海显英雄。　人似虎，马如龙，黄泥冈上巧施功。满驮金贝①归山寨，懊恼中书②老相公。

【注释】

① 金贝：金银财货。② 中书：指北京大名府留守司梁中书。

【赏析】

本词出自《水浒传》第十六回《杨志押送金银担　吴用智取生辰纲》。

吴用说服阮氏三雄合谋生辰纲，与晁盖、刘唐二人会合。此时公孙胜前来送信，七人相聚，应了晁盖的七星之梦，完成了七星聚义。这是《水浒传》里山寨的第一批头领的第一次聚合，预示着水浒故事即将拉开大幕。

上片衔接上一回故事情节，在结构上形成了承上启下的关系。下片简述了智取生辰纲的故事。开头两句是比喻，直接描写了众英雄雄心勃勃地要做一番事业。整个故事是：七雄在黄泥冈白胜处商量对策，吴用巧用计策，未损一兵一卒，麻倒押解的众官兵，智得生辰纲。

因生辰纲是京师蔡太师的生辰之礼，劫了生辰纲必定会与朝廷为敌。这是水浒英雄第一次以集体的形式反抗朝廷，是整个水浒故事中最典型、影响力最大的事件。这也是水浒故事流传经久不衰的原因之一：它道出了深受压迫的百姓的心声，梁山好汉以武力的方式反抗，获得了大快人心的效果。

原　文

26. 吴七郡王诗

吴七郡王

玉屏①四下朱阑绕，
簇簇②游鱼戏萍藻③。
簟④铺八尺白虾须⑤，
头枕一枚红玛瑙⑥。
六龙⑦惧热不敢行，
海水煎沸蓬莱岛⑧。
公子犹嫌扇力微，
行人正在红尘⑨道。

【注释】

① 玉屏：玉制或玉饰的屏风。② 簇簇：聚集成团的样子。③ 萍藻：浮萍和水藻。④ 簟（diàn）：竹席。⑤ 虾须：这里指帘子，⑥ 玛瑙：玉髓矿物的一种。颜色很美，可为器皿或装饰品。⑦ 六龙：这里指日神（太阳）。传说日神乘车，驾以六龙。⑧ 蓬莱岛：即蓬莱山。古方士传说为仙人所居，在渤海中。⑨ 红尘：飞扬的尘土。

【赏析】

这两首诗均出自《水浒传》第十六回《杨志押送金银担　吴用智取生辰纲》。

这两首诗同样是写炎热，但是描写了两个完全不同的阶级的感受。

《吴七郡王诗》写的是贵族公子们的避暑之态：公子们在水阁凉亭中纳凉，成群的游鱼在水中戏弄着浮萍水藻，多么悠闲啊！因为炎热，人们铺好八尺长的白色竹帘，当作竹簟；头枕着一枚红玛瑙，当作枕头。竹帘与玛瑙本应该触手生凉，可是天气还是炎热难当。第五、六句使用夸张和比拟手法继续写热：太阳不敢动，海水要沸腾。第七、八两句的对比才是作者真正的意图，达官贵人还嫌风小不够凉快，赶路之人在路上又得受多少煎熬呢？

原 文

苦热歌

赤日炎炎似火烧，
野田禾稻半枯焦。
农夫心内如汤煮，
楼上王孙把扇摇。

《苦热歌》是白胜扮作挑酒的汉子，唱着这首歌上冈来。因为是农人之歌，语言更为平实，没有华丽的修辞，前两句写了烈日似火，烤焦了禾苗。读者可以想象田野之上到处热浪难耐，田间庄稼缺水枯萎的场景。后两句与前诗手法相同，也是对比。把农夫心内如汤煮的焦急与王孙摇扇的悠闲进行比较，处在社会两端的阶层之间的不同便显现出来了。读完这句，总感觉和杜甫“朱门酒肉臭，路有冻死骨”的句子有异曲同工之妙。

这两首诗歌充分反映了当时社会的贫富差距，处在不同阶层的人们，过着完全不同的生活，而这种生活是建立在一个阶级对另一个阶级的压迫之下。社会底层的人们，即便是押解生辰纲的兵士，也只能听从调遣，最底层的农民除了焦虑，没有任何办法。

原　文

27. 临江仙

起自花村[①]刀笔吏[②]，英灵[③]上应天星。疏财仗义[④]更多能。事亲行孝敬，待士有声名。　济弱扶倾[⑤]心慷慨，高名冰月双清[⑥]。及时甘雨[⑦]四方称。山东呼保义[⑧]，豪杰宋公明。

【注释】

① 花村：灵巧而朴实。② 刀笔吏：主办文案的官吏。③ 英灵：指杰出人才。④ 疏财仗义：疏财，分散家财。仗义，主持正义。为了正义，拿出自己的钱财去帮助别人。⑤ 济弱扶倾：即“济弱扶困”意。⑥ 冰月双清：如同水一般清澈，月一样高洁。⑦ 甘雨：及时雨，一般指久旱后下的雨。⑧ 保义：宋江的“保义”是保义郎的简称。

【赏析】

本词出自《水浒传》第十八回《美髯公智稳插翅虎　宋公明私放晁天王》。

这是本书中第一次评价宋江。像所有人物传记一样，首先交代了宋江的生平履历，特别点出了他是天罡星下凡，呼应小说开头天罡地煞的说法。然后写宋江的高尚品质。他“事亲行孝敬”“疏财仗义”“济弱扶倾”“慷慨”等，他“平生只好结识江湖上好汉”，江湖人士称他为“及时雨”。也正是这样的为人处世，宋江落难之时，沿途豪杰没有不拜服的。

词的最后一句是对宋江身份的暗示。宋江上梁山，继晁盖之后成为山寨之主，那是真正意义上的豪杰。后来他一心招安，带领梁山好汉回归朝廷，被封为保义郎。这是宋江两段重要的人生经历，改变了一众人的命运。

原 文

28. 梁山聚义诗

豪杰英雄聚义间，
罡星煞曜[1]降尘寰[2]。
王伦奸诈遭诛戮[3]，
晁盖仁明主将班。
魂逐断云寒冉冉[4]，
恨随流水夜潺潺。
林冲火并[5]真高谊，
凛凛[6]清风[7]不可攀。

【注释】

①曜（yào）：日、月、星均称“曜”。②尘寰：人世间。③诛戮：杀戮。④冉冉：缠绵。⑤火并：同伙自相残杀、并吞。⑥凛凛：令人敬畏的样子。⑦清风：高洁的品格。

【赏析】

本诗出自《水浒传》第二十回《梁山泊义士尊晁盖　郓城县月夜走刘唐》。

晁盖带领七人一行及生辰纲上梁山是水浒故事的转折点，这首诗写的就是这个转折点如何完成。

上回说到晁盖等人上山之后，又被王伦嫉妒，要求他们下山，林冲对此非常不满。次日，吴用用计激林冲杀了王伦，众人将晁盖扶上寨主之位。流传于民间最著名的水浒故事开始了。

诗歌开头，还是照应“天罡地煞”之说，明确指出，这些人是匡扶人间正义的天神降世。这是对水浒人物的又一次肯定。

林冲火并、王伦遭诛、晁盖主班是事件发生的前后顺序，作者将其进行调整，一方面是将王伦与晁盖进行对比，表明王伦因奸诈被杀是死有余辜；另一方面是要对林冲的行为进行评价。从林冲上梁山开始，王伦就表现出心胸狭隘的一面。他既受柴进之恩，却对柴进推荐的人百般排挤，无非就是想保住自己的位置。梁山如果让这样的人统领，也不过是个贼窝而已，怎能成就英名。所以，林冲杀王伦，虽是内部的火并，但是作者认为这是为了辅助明主的行为，以“高谊”评价，足见作者对林冲的肯定。

原　文

29. 宋江颂

宋朝运祚将倾覆，
四海英雄起寥廓。
流光垂象在山东，
天罡上应三十六。
瑞气盘缠绕郓城，
此乡生降宋公明。
神清貌古真奇异，
一举能令天下惊。
幼年涉猎诸经史，
长为吏役决刑名。
仁义礼智信皆备，
曾受九天玄女经。
江湖结纳诸豪杰，
扶危济困恩威行。
他年自到梁山泊，
绣旗影摇云水滨。
替天行道呼保义，
上应玉府天魁星①。

【注释】

① 天魁星：三十六天罡星之首，宋江的星号。

【赏析】

这是《水浒传》第二十一回《虔婆醉打唐牛儿　宋江怒杀阎婆惜》的卷首诗。

在这一回中，宋江因怒杀阎婆惜惹上了官司，安安稳稳的刀笔吏生活就此结束，开始了他逐步转向反抗官府的人生之路。可以说，这一回的故事是宋江人生的转折点，因而卷首诗里赞颂的宋江，与前面写宋江的诗歌相比，更多涉及宋江对社会的影响。

宋江命运改变前，梁山已经有七位英雄聚义。随着更多英雄的出现，这股反朝廷的势力越来越强大。四海英雄起于寥廓的天地间，正呼应了小说开头提到的三十六天罡七十二地煞降临人间，这个线索贯穿了整部小说。

从第五句开始是对宋江的描述，包括他奇异的相貌、涉猎诸经史的学习经历、仁义礼智信皆备的优秀品质，甚至他作为天罡星之首的经历都在其中。宋江在一百单八将中地位非常特殊，为什么各有所长的头领们都拜服宋江？这与他在江湖上的行事风格紧密相关。他能解人燃眉之急，不论身份高低都赤诚相待，扶危济困，恩威并行，因而在江湖豪杰心中树立了极高的威信。

这首诗重点暗示了宋江今后的命运走向：他会来到梁山泊，成为一代首领，带领着梁山好汉，行替天行道的义举，完成他作为天神降临人世的使命。

原 文

30. 深秋羁旅行

柄柄芰[①]荷枯，
叶叶梧桐坠。
蛩[②]吟腐草中，
雁落平沙地。
细雨湿枫林，
霜重寒天气。
不是路行人，
怎谙[③]秋滋味。

【注释】

① 芰：古书上指菱。② 蛩：这里指蟋蟀。③ 谙：熟悉。

【赏析】

这首诗出自《水浒传》第二十二回《阎婆大闹郓城县 朱仝义释宋公明》。

宋江兄弟为躲避官府追捕，从家乡逃出，还未商议好投奔方向，这首诗写的是他们在出逃的路上看到的秋景。

开头用叠音词“柄柄”“叶叶”，一枝又一枝，一片又一片，满目的枯荷坠叶，残败之景不断，渲染了伤感的氛围，加重了凄清哀伤的情绪。蟋蟀在腐草中唱着生命最后的歌谣，大雁南飞途中落于平沙之地，深秋已经来临。

深秋的落寞景象已经让人产生无限伤感了，又怎奈细雨飘落于枫林之中，霜打在枫叶之上，自外而内的寒意从羁旅人心头升起。

这首诗前六句写景，后两句议论抒情。选取了富有秋天特色的意象：芰荷、梧桐、秋虫、衰草、大雁、枫林、浓霜等，描绘出一幅羁旅秋景图。

古代文人常常悲叹，秋风秋雨愁煞人，此时的宋江兄弟，亡命天涯，不知未来在哪里，也不知等待他们的将会是怎样的命运。面对这段前途未卜的行程和生机渐逝的秋景，宋江兄弟怎能不惆怅满怀呢？

原 文

31. 武松赞

延士[①]声华似孟尝[②]，
有如东阁纳贤良[③]。
武松雄猛千夫惧，
柴进风流[④]四海扬。
自信一身能杀虎，
浪言[⑤]三碗不过冈。
报兄诛嫂真奇特，
赢得高名万古香。

【注释】

① 延士：接纳贤士。② 孟尝：孟尝君，名田文，战国四公子之一，以广招宾客，食客三千闻名。③ 有如东阁纳贤良：汉代公孙弘当宰相后，别立客馆，东向开门，招纳四方贤才，一起谋议大事。后遂用“东合（阁）、孙弘合（阁）、公孙阁、孙阁、弘阁、丞相合（阁）”等指款待宾客、招纳贤才之所；用“开合（阁）”指纳贤待客。这里与“延士声华似孟尝”均借指柴进。④ 风流：风度、仪表。⑤ 浪言：乱说。

【赏析】

这首诗是《水浒传》第二十三回《横海郡柴进留宾　景阳冈武松打虎》的卷首诗。

柴进在《水浒传》中是一个广结英雄好汉的人，因为家有丹书铁券护身，更能为深受官府迫害的英雄提供庇护场所。经他引荐，有数位英雄最终把梁山作为自己的落脚点，可以说他为梁山聚义做出了巨大贡献。所以作者把他比作门客众多的孟尝君和开门纳贤的公孙弘。

武松也是投靠柴进而来，于宋江不期而遇是武松在这部小说当中的第一次出场。在介绍武松的“雄猛”后，作者叙述了武松在后续章回中经历的主要事件：景阳冈上豪饮“三碗不过冈”；趁着酒劲赤手空拳打死吊睛白额虎；在阳谷县巧遇哥哥武大郎；嫂嫂串通西门庆毒死哥哥，武松杀死仇人为哥哥报仇。

这首诗是武松故事的概述，开启了新的人物形象，并推动着下文故事情节的发展。

原 文

32. 景阳冈伏虎

景阳冈头风正狂，
万里阴云霾①日光。
焰焰满川枫叶赤，
纷纷遍地草芽黄。
触目晚霞挂林薮②，
侵人冷雾满穹苍。
忽闻一声霹雳响，
山腰飞出兽中王。
昂头踊跃逞牙爪，
谷口麋鹿皆奔忙。
山中狐兔潜踪迹，
涧内獐猿惊且慌。
卞庄③见后魂魄丧，
存孝④遇时心胆强。
清河壮士酒未醒，
忽在冈头偶相迎。
上下寻人虎饥渴，
撞着狰狞来扑人。
虎来扑人似山倒，
人去迎虎如岩倾。
臂腕落时坠飞炮，

【注释】

① 霾：刮风时空中降下沙土，尘土飞扬。② 薮：生长着很多草的湖泽。③ 卞庄：卞庄是鲁国著名的勇士，能够独立与虎格斗。④ 存孝：李存孝，唐末至五代著名的猛将，武艺非凡，勇猛过人。据说他曾打死过老虎。⑤ 山奄：山坳，山曲。

【赏析】

本诗出自《水浒传》第二十三回《横海郡柴进留宾 景阳冈武松打虎》。

武松打虎是《水浒传》里流传非常广泛的故事，由此而来的“打虎英雄”是武松形象的标签。从武松登上景阳冈一直到打死老虎，这个过程非常戏剧化，里面既有英雄的豪爽和不拘小节，也有英雄面对老虎时的震撼与惊讶。可以说这一场打虎戏展现出了一个有血有肉的立体的武松形象。

诗歌开头六句写景阳冈当天的自然环境：狂风四起，日光不明，落叶纷纷，枯草遍地，此时天色已晚，寒意侵体。这是古典小说中常用的环境塑造手法，一般选用一些不明亮的、动态的意象，组成一幅让人深感不安的画面，预示着会有什么不好的事情发生。

第七、八、九三句直接描写老虎：叫声如霹雳，昂首摆尾，一派“兽中王”的威风。第十、十一、十二句从山中小动物的反应侧面表现老虎的威势。第十三、十四句再用卞庄、存孝两个历史上打虎英雄看到这只老虎都会惧怕，来侧面描写这只老虎的凶猛。作者从三个方面不惜笔墨对老虎进行描写——虎越凶，就衬托得武松越勇。

原 文

爪牙爬处成泥坑。
拳头脚尖如雨点，
淋漓两手鲜血染。
秽污腥风满松林，
散乱毛须坠山奄⑤。
近看千钧势未休，
远观八面威风敛。
身横野草锦斑销，
紧闭双睛光不闪。

接下来的十句是全诗的高潮部分。作者没有把武松打虎处理成单纯的人的行为，而是让虎和人有一个互搏的过程。且看，老虎先是上下寻人，然后以山倒之势向人扑来；武松没有惧怕，反而迎着老虎扑来的方向进攻。一“扑”一“应”便打在一处。“臂腕落时坠飞炮”一句是写武松的进攻，“爪牙爬处成泥坑”一句是写老虎的反抗。武松打得重，老虎疼得砸地出泥坑；“拳头脚尖如雨点”一句还是写武松进攻，“淋漓两手鲜血染”一句则是写老虎没了生气。整个搏斗过程，作者始终是两者兼顾来写，节奏紧凑，气氛紧张。

最后六句是尾声部分，依然是武松与老虎各占一半进行描写：武松大汗淋漓，依然威风八面；老虎则是身横草野，眼里没了光彩。此处胜利者与失败者同框，以威风的老虎的落败，强烈地反衬出武松的英勇。金圣叹在点评时说：“写尽骇人之事，却尽用极近人之笔。”

原 文

33. 行藏有义

功业如将智力求，
当年盗跖①合封侯。
行藏②有义真堪羡，
富贵非仁实可羞。
乡党③陆梁④施小虎，
江湖任侠⑤武都头。
巨林雄寨俱侵夺，
方把平生志愿酬。

【注释】

① 盗跖（zhí）：相传为古时民众起义的领袖。② 行藏：指出处或行止。常用以说明人物行止、踪迹和底细等。③ 乡党：指乡里、家乡，乡族朋友。④ 陆梁：跳跃。⑤ 任侠：又称为“尚义任侠”“为气任侠”“使气任侠”，也就是“附带意气，以侠义自任”的意思。任侠的三大特点：重承诺，讲义气，轻生死。

【赏析】

这首诗是《水浒传》第二十八回《武松威镇安平寨　施恩义夺快活林》的回首诗。

在这一回中，施恩出场。武松到达孟州平安寨，得到施恩关照。在平安寨中，武松以一身高强的武艺震惊众人，受到众人赞颂。后施恩请武松帮忙，醉打蒋门神，夺回了快活林。

诗歌的前四句是对第二十八、二十九回的评价，赞颂了武松的行藏有义，批判了蒋门神的富贵非仁。接下来两句介绍了这个故事的两个主人公，最后两句说的是武松助施恩重霸孟州道的事情。

可以说这是对整个故事进行概括的一首诗，既有对人物的评价，也有对事件性质的判定，特别是将武松定义为“任侠”，可见作者对这一人物形象精神特质的认可。

原　文

34. 武松醉打蒋门神

堪叹英雄大丈夫，
飘蓬四海谩[①]嗟吁[②]。
武松不展魁梧略，
施子难为远大图。
顷刻赵城应返璧，
逡巡合浦便还珠[③]。
他时水浒驰芳誉，
方识男儿盖世无。

【注释】

① 谩：莫，不要。② 嗟吁：伤感长叹。③ 顷刻赵城应返璧，逡巡合浦便还珠：这两句分别涉及“完璧归赵”和“合浦还珠”的典故，这两个典故都是指比喻东西失而复得或人去而复回。

【赏析】

这首诗出自《水浒传》第二十九回《施恩重霸孟州道　武松醉打蒋门神》。

第二十九回回目中所写，便是本诗中第三、四句所指之事。在这一回中，武松在醉打蒋门神之前还是做足了“铺垫”的，这一点与鲁提辖拳打镇关西有相似之处，但是作者描写武松的笔墨更多一些。首先在去快活林的路上，武松是走一路喝一路，这深不可测的酒量和武松自言借酒发力的说法，就让武松异于常人。接下来便是武松戏耍酒保、老板娘，然后才与蒋门神对打。这便是武松的“魁梧略”。

第五、六两句是用典，“完璧归赵”和“合浦还珠”的典故用其意，意在说明快活林本就是施恩的，夺回来也不过是物归原主，从另一个侧面说明了英雄所行之事自然是正义的。

这首诗最大的亮点是最后两句，“水浒驰芳誉”暗示着武松最后的归宿是在水泊梁山，“盖世无”则预示着他在水浒寨里还会有更大的作为。

古代长篇小说中，人物的命运在前后的情节中有所暗示，作为伏笔或铺垫，这种写法显然有利于读者在相对较长的故事中对人物有更好的把握。

原 文

35. 善恶有报歌

神明照察，
难除奸狡之心。
国法昭彰①，
莫绝凶顽之辈。
损人益己，
终非悠远②之图；
害众成家，
岂是久长之计。
福缘善庆，
皆因德行而生；
祸起伤财，
盖为不仁而至。
知廉识耻，
不遭罗网③之灾；
举善荐贤，
必有荣华之地。
行慈行孝，
乃后代之昌荣；
怀妒怀奸，
是终身之祸患。
广施恩惠，
人生何处不相逢；
多结冤仇，
路逢狭处难回避。

【注释】

① 昭彰：显著，彰明。② 悠远：长久，久远。③ 罗网：喻法网。

【赏析】

这首诗出自《水浒传》第三十一回《张都监血溅鸳鸯楼　武行者夜走蜈蚣岭》。

这首诗告诉人们：行善逢善，行恶逢恶。久行恶事，即便是暂时得不到处罚，时间久了依然会对自己的生活与人生产生负面的影响；多行善事，不仅能让自己受益，还能够泽被子孙。

在这一回中，张都监受张团练的挑唆，设计害武松，为蒋门神出气报仇。他收买了两个公人，蒋门神又派了自己的两个徒弟，想在飞云浦要了武松的性命，结果都被武松了结了。武松回到孟州城，手刃了张都监及家人、张团练、蒋门神。这一群人可谓是机关算尽，坏事做绝，自以为天衣无缝，鬼神不知，岂料到最后灾祸都落到了自己的头上。

原　文

36. 孟州暮景

十字街荧煌①灯火，九曜寺香霭②钟声。一轮明月挂青天，几点疏星明碧汉。六军营内，呜呜画角③频吹；五鼓楼头，点点铜壶④正滴。四边宿雾，昏昏罩舞榭歌台；三市⑤寒烟，隐隐蔽绿窗朱户。两两佳人归绣幕，双双士子掩书帏⑥。

【注释】

① 荧煌：辉煌。② 香霭：云气，焚香的烟气。③ 画角：古代乐器名，相传创自黄帝，或曰创自羌族。形如竹筒，以竹木或皮革制成，外加彩绘，故称“画角”。一般在黎明和黄昏之时吹奏，相当于出操和休息的信号，发音哀厉高亢，古代军中常用来警报昏晓、振奋士气。④ 铜壶：古代铜制壶形的计时器。⑤ 三市：泛指闹市。⑥ 书帏：书斋。

【赏析】

这首词出自《水浒传》第三十一回《张都监血溅鸳鸯楼　武行者夜走蜈蚣岭》。

武松在飞云浦杀了四个歹人，回到孟州城找张都监寻仇，进入城中时已经是黄昏。

街上还有灯火，远处的寺庙被云气围绕，阵阵钟声传来，想必人们都已经回家了。苍穹之上，月明星稀，天地都安静下来。前四句写静态之景，营造出静谧祥和的氛围。

军营内画角吹响，军士休息了。暮霭四起，把建筑物笼罩在了朦胧之中。人们纷纷回到自己的房中，准备晚间的活动。描写动态之景，还是为了表现夜晚之静。

全词在语言上最大的特色是开头数词的使用，使得每一幅画面都成为特写的镜头，孟州的晚景被一点点拼凑出来。但是安静的环境之下，隐藏的是武松心中不尽的杀机，仿佛是暴风雨到来前的安静，与后文的厮杀形成了鲜明的对比。

原 文

37. 高岭行

高山峻岭，峭壁悬崖。石角棱层侵斗柄①，树梢仿佛接云霄。烟岚②堆里，时闻幽③鸟闲啼；翡翠阴中，每听哀猿孤啸。弄风山鬼，向溪边侮弄樵夫；挥尾野狐，立岩下惊张猎户。好似峨嵋山顶过，浑如大庾岭④头行。

【注释】

① 斗柄：指北斗的第五星至第七星。北斗，第一星至第四星像斗，第五星至第七星像柄。② 烟岚：指山里蒸腾的雾气。③ 幽：形容地方很僻静，光线又暗。④ 大庾岭：亦称庾岭、台岭、梅岭、东峤山，中国南部山脉，“五岭”之一，位于江西与广东两省边境，为南岭的组成部分。

【赏析】

这首词出自《水浒传》第三十一回《张都监血溅鸳鸯楼　武行者夜走蜈蚣岭》。

武松被张青夫妇搭救，换装之后变成了武行者，离开大树十字坡，途经这座高岭，这首词便是描写高岭的景色。

开头写了高岭的“高”，用的还是一如既往的夸张手法：“侵”不仅写出了岩石棱角分明，层叠向上的形态，还写出了倚仗山势直冲云霄的凌厉气势，连带着树梢都好像要接触到云层。

然后写高岭的“深”：岭中雾气缭绕，树林阴翳蔽日，具体的景物什么都看不清楚，但是密林深处依然能够听到偶然传出来的鸟鸣和猿啼。

下面写到了山中的“怪”：山风好似被操控着，东西南北飘忽不定，仿佛戏弄樵夫；野兽出没无常，竟然可以时时惊吓猎户。

最后一句将这座高岭与大家都熟悉的名山峻岭“峨嵋山”“大庾岭”进行类比，更加清晰地显示出高岭的雄伟险峻。

原文

38. 浣溪沙

握手临期话别难，山林景物正阑珊①，壮怀②寂寞客衣单。旅次③愁来魂欲断，邮亭④宿处铗空弹⑤，独怜长夜苦漫漫。

【注释】

①阑珊：暗淡、零落。文学作品中，阑珊多为凄凉之意。②壮怀：指豪壮的胸怀。③旅次：旅途中小住的地方，也指旅途中暂作停留。④邮亭：指古时传递文书的人沿途休息的处所，或邮局在街上设立的收寄邮件的处所，看起来像一个亭子，所以被大家称为邮亭。⑤铗空弹：《战国策·冯谖客孟尝君》载，孟尝君的门客冯谖，一时未被孟尝君赏识，便弹铗而歌，终于受到孟尝君重用。铗，指夹取东西的金属用具。

【赏析】

这首词出自《水浒传》第三十二回《武行者醉打孔亮　锦毛虎义释宋江》。

这首词表现的是宋江和武松分手话别时的情景。与其他写景叙事的诗歌有所不同的是，它先交代了两人分离之事，然后才是写景抒情。

“景物正阑珊”是这首词中唯一的景物描写，“阑珊”没有描绘具体的是哪些景物阑珊，但是在即将分别的两个人眼里，恐怕看到什么美景都是落寞的吧！

直接抒情在词中所占分量最多，无论是壮怀寂寞，旅次愁浓，还是长夜漫漫，那些直接抒发愁情的字眼赤裸裸地哀叹着两人不得不面对的境况。

最后，词里用典一处，颇有意味。冯谖一时未被孟尝君赏识，便弹铗而歌，最终被孟尝君重用，很容易让人联想起宋江和武松的经历。他们两个人都曾经为朝廷服务，又都被朝廷之人陷害，都是失意之人。特别是宋江，心有不甘又心中不满，落寞失意却又希望犹存，真是百般滋味在心头啊！

原 文

39. 元宵月夜

玉漏[①]铜壶且莫催，
星桥火树[②]彻明开。
鳌山[③]高耸青云上，
何处游人不看来。

【注释】

① 玉漏：古代计时漏壶的美称。② 星桥火树：形容节日的夜晚灯火辉煌的景色。③ 鳌山：宋元时俗，元宵节用彩灯堆叠成的山，像传说中的巨鳌形状，故称鳌山。

【赏析】

这首诗出自《水浒传》第三十三回《宋江夜看小鳌山　花荣大闹清风寨》。

这首诗写的是元宵节夜晚满街花灯的景象。宋江在花荣的清风寨中住了月余，正赶上清风寨元宵节放灯。这一晚宋江和花荣家亲随上街去看灯。

“玉漏铜壶”皆为计时所用，此时天色已晚，明月东升，以计时器代指时间，说明到了关灯的时间了。

作者没有描写具体的各色花灯，而是从远景的角度描绘了清风寨放灯的场景：桥上装点着花灯，普通的桥立刻变成了星辰组成的星桥；树上挂满了花灯，瞬时间变成了火树，到处都是灯火通明。最有地域特点的是，用彩灯堆成的灯山，形如大鳌，甚是壮观。

白描的描写手法勾勒出元宵节“灯海”的特色，让我们穿越千年依然可以领略到宋代的民俗。

原 文

40. 元宵灯会

山石穿双龙戏水，云霞映独鹤朝天。金莲[①]灯，玉梅灯，晃一片琉璃；荷花灯，芙蓉[②]灯，散千团锦绣。银蛾[③]斗采，双双随绣带香球[④]；雪柳[⑤]争辉，缕缕拂华幡翠幕。村歌社鼓[⑥]，花灯影里竟喧阗[⑦]；织女蚕奴，画烛光中同赏玩。虽无佳丽风流曲，尽贺丰登大有年。

【注释】

① 金莲：一年生或多年生草本植物。② 芙蓉：即木芙蓉，花是白色或粉红色的，到夜间变深红色。③ 银蛾：即闹蛾，乃是插在女子头上的时兴头饰。用白纸剪成，形如飞蛾，故名。④ 香球：小灯球。⑤ 雪柳：宋代妇女在立春日和元宵节时插戴的一种绢或纸制成的头花。⑥ 村歌社鼓：指民间的歌谣、鼓乐。⑦ 喧阗（xuān tián）：喧哗，热闹，拥挤。

【赏析】

这首词出自《水浒传》第三十三回《宋江夜看小鳌山　花荣大闹清风寨》。

元宵节赏花灯是中国自汉代开始流传至今的风俗活动。通过这首描写花灯的诗歌，我们可以看到当时的花灯题材、形式和热闹的场面。

花灯的题材源自人们生活的各个方面。“双龙”是民间传说中的图腾神兽，“独鹤”是日常生活中的祥瑞动物，金莲、玉梅、荷花、芙蓉皆是四季花卉。从题材看形式，也能让读者想象出神龙的曲盘、仙鹤的舒展，以及不同花卉的形状。花灯的制作材质丰富，除了我们熟知的竹、纸之外，花灯上还以琉璃、锦绣做装饰，可知当时花灯制作的精美。

女性的服饰与这繁华的灯景相配，元宵之际，她们佩戴着元宵时节的头饰，笑语盈盈，在灯光下、翠幕间穿梭，给缤纷的灯会又增添了一份光彩。

春节期间的大型活动都会有锣鼓喧天的场景，歌声嘹亮，鼓声振奋，看热闹的人群尽情地嬉闹。灯会就是雅俗共赏的地方，劳动人民用这样的形式庆贺丰收，祈祷来年风调雨顺。

原 文

41. 花荣战秦明

一对南山猛虎，两条北海苍龙。龙怒时头角峥嵘①，虎斗处爪牙狞恶②。爪牙狞恶，似银钩不离锦毛团；头角峥嵘，如铜叶振摇金色树。翻翻复复，点钢枪没半米放闲；往往来来，狼牙棒有千般解数。狼牙棒当头劈下，离顶门只隔分毫；点钢枪用力刺来，望心坎微争半指。使点钢枪的壮士，威风上逼斗牛③寒；舞狼牙棒的将军，怒气起如雷电发。一个是扶持社稷天蓬将；一个是整顿江山黑煞神。

【注释】

① 峥嵘：高大耸立。② 狞恶：狰狞、凶恶。③ 斗牛：星宿名，斗宿和牛宿。

【赏析】

这首词出自《水浒传》第三十四回《镇三山大闹青州道　霹雳火夜走瓦砾场》。

慕容知府派秦明到清风寨捉拿花荣，在清风寨下，两位英雄有了这一番厮杀。

秦明和花荣同为天罡星，所以作者在描写他们恶斗时，以“龙、虎”比喻二人。写龙，写了龙鳞在腾飞时金光四射；写虎，写了虎的利爪在金黄色皮毛的映衬下银光闪耀。花荣气冲牛斗，秦明怒发雷电，用夸张手法更突显了高手交战的气势！

短兵相接的时候最是紧张，劈刺接连，两人大战四五十回合，危机之处，兵器离要害只有分毫。这同样是夸张手法，乃是往小处夸张，目的就是突出两人武艺的高强之处——刺得正好，躲得也及时。

这首词中出现了一种修辞手法，平时较少提及。在第二句龙虎斗之后，第三句先接的虎，后接的龙，有异于平时的下文按照上文写作顺序延续先接龙后接虎的写法。这种现象在中国古典诗词中被称作“回鸾倒凤格”，这种变化避免了形式上的千篇一律，能给读者以新鲜感。

原 文

42. 小李广射雁

鹊画弓①变开秋月，雕翎箭②发迸寒星。塞雁排空，八字纵横不乱；将军拈箭，一发端的③不差。孤影向云中倒坠，数声在草内哀鸣。血模糊半涴④绿梢翎，大寨下众人齐喝采。

【注释】

① 鹊画弓：（弓身）饰以鹊形的弓。② 雕翎箭：中国古代惯用的一种箭。③ 端的：多见于早期白话，意为真的、确实。④ 涴：污，弄脏。

【赏析】

本词出自《水浒传》第三十五回《石将军村店寄书　小李广梁山射雁》。

花荣随宋江上梁山后，发现并没有引起众人的关注，为了展示自己高超的射箭技艺，他说要射下天空中飞行的雁群中第三只雁的头。这首诗便是描写他射箭时的动作。

第一句写他开弓。花荣使用装饰鹊形的精美弓箭，拉开弓弦，弓变成了满月之形，表现出花荣惊人的臂力。

第二句写射箭。雕翎箭以极快的速度飞出，好像与空气摩擦出火星，极言箭速之快。箭飞得快，自然是人的射箭技术好。连续两句的间接描写都是为了展现花荣的高超技艺。

雁阵在天上队形不乱，丝毫未受到箭的影响，侧面写射得精准。孤影倒坠，草内哀鸣，自然是描写被射中的大雁掉落之状，呼应了前文将军“一发端的不差”。

平常人射箭，能射中静态箭靶算是入门，射中动态箭靶已是少有，而花荣在仰视的角度，在常人无法判断射程距离的情况之下，射移动的箭靶，而且能说射哪里就射中哪里，技艺之高超何止百步穿杨，让人叹为观止。花荣作为梁山泊八骠骑之首，并非浪得虚名。

原 文

43. 自警诗

上临之以天鉴①，
下察之以地祇②。
明有王法相继，
暗有鬼神相随。
忠直可存于心，
喜怒戒之在气。
为不节而亡家，
因不廉而失位。
劝君自警平生，
可叹可惊可畏。

【注释】

① 鉴：观察，审察。② 地祇（qí）：地神。

【赏析】

这是《水浒传》第三十六回《梁山泊吴用举戴宗　揭阳岭宋江逢李俊》的回首诗。

这首诗劝人多行忠义之事，切勿贪嗔害己。古时候，人们劝人不为恶事，总是会说“抬头三尺有神明”，自己所做之事，人不知不等于鬼神不知。抛开其中的迷信因素，第一句话是告诫人们，人生在世，做任何事情总是要有所敬畏，天地神明都在监督着你的所作所为。

人间自有律法存在，也要认真遵循。人要有敬畏之心，因为有了敬畏，便有了行事的底线，有了底线才有了行事的“度”。如果一个人不顾道义，不顾法律上的种种限制，成为天不怕地不怕的人，那么即便一时得逞，他最终还是要自毁其身。

正确的做法是把忠直放在心中，作为自己行事的标准与底线；克制自己的情绪，不违忠直之道。

若是不如此，没有道德限制，便会丧失气节，重者有害于国家，轻者有害于个人。所以，时时自警，处处自警，事事自警，才是立世之道。

原 文

44. 浔阳江景

云外遥山耸翠，江边远水翻银。隐隐沙汀①，飞起几行鸥鹭；悠悠别浦②，撑回数只渔舟。红蓼③滩头，白发公垂钩下钓；黄芦岸口，青髻童牧犊骑牛。翻翻雪浪拍长空，拂拂凉风吹水面。紫霄峰上接穹苍，琵琶亭畔临江岸。四围空阔，八面玲珑④。栏杆影浸玻璃，窗外光浮玉壁。昔日乐天⑤声价重，当年司马泪痕⑥多。

【注释】

① 沙汀：水边或水中的平沙地。② 别浦：河流入江海之处称浦，或称别浦。③ 红蓼：一年生草本植物。④ 八面玲珑：意为窗户很多，四面八方通透明亮。⑤ 乐天：即白居易，字乐天。⑥ 司马泪痕：语出白居易的《琵琶行》：“座中泣下谁最多?江州司马青衫湿。”

【赏析】

这首词出自《水浒传》第三十八回《及时雨会神行太保　黑旋风斗浪里白跳》。

宋江与戴宗到琵琶亭上观江景，本词写的便是他们在琵琶亭上所见之景。

开头一句，远景起笔描绘，苍山葱翠，江水翻起白色的浪花，画面向纵深拉开，意境辽阔。深绿色与白色相配，赏心悦目。接着镜头拉近，鸥鹭与渔舟缓缓地从辽阔的画面穿过，点染式的效果，给人悠闲的感觉。再近些可见江边代表性的人物活动：渔翁垂钓，童子牧牛，自然景物和人类活动就这样和谐地融合在一起了。

描写完江景，便是描写琵琶亭周边了。琵琶亭临江而立，四周空旷，视野开阔。栏杆的影子倒映在水中，窗外日光反射在水面上。在这样的亭子里向外观景自然是畅快无比！

最后点出了琵琶亭名字的来历：与白居易有关，一提司马青衫无人不知，无人不晓，这又给美景增添了文化色彩。

原 文

45. 回首诗

闲来乘兴入江楼①，
渺渺烟波接素秋②。
呼酒谩③浇千古恨，
吟诗欲泻④百重愁。
赝⑤书不遂英雄志，
失脚⑥翻成狴犴⑦囚。
搔动⑧梁山诸义士，
一齐云拥⑨闹江州。

【注释】

① 江楼：指浔阳楼酒店。② 素秋：秋季，秋色白，故称素秋。③ 谩（màn）：轻慢，没礼貌。④ 泻：排遣。⑤ 赝：假的，伪造的。⑥ 失脚：失足。比喻犯错误，出差错。⑦ 狴犴（bìàn）：传说中的一种走兽，古时人们常把它画到牢狱的门上，后称牢狱为“狴犴”。⑧ 搔动：即骚动，扰乱，惊动。⑨ 云拥：比喻许多人聚集到一起。

【赏析】

这是《水浒传》第三十九回《浔阳楼宋江吟反诗　梁山泊戴宗传假信》的回首诗。

这首诗概括了本回的主要事件。首联写的是宋江病愈之后，去城中寻戴宗、李逵、张顺不得，于是自己进浔阳楼小酌。此时正值秋高气爽之时，江面烟波浩渺，甚是壮观，宋江为美景所陶醉。

颔联写他因醉酒联想起自己怒杀阎婆惜之后的种种遭遇，感慨身世浮沉，于是借酒浇愁，便在墙壁上提诗，谁料为小人诬告。

颈联写的是梁山好汉为了搭救宋江，伪造了太师家书，因为一个印章的失误，结果被识破，宋江与戴宗双双入狱。

尾联则是梁山好汉为救宋江和戴宗，劫法场大闹江州城事件。

作为具有情节概括作用的诗歌，本诗以叙事为主，兼有写景与抒情。

原 文

46. 浔阳楼歌

雕檐映日，画栋飞云。碧阑干①低接轩窗，翠帘幕高悬户牖②。吹笙品笛，尽都是公子王孙；执盏擎壶，摆列着歌姬舞女。消磨醉眼，倚青天万叠云山；勾惹吟魂，翻瑞雪一江烟水。白苹渡口，时闻渔父鸣榔③；红蓼滩头，每见钓翁击楫。楼畔绿槐啼野鸟，门前翠柳系花骢④。

【注释】

① 阑干：用竹、木、砖石或金属等构制而成，设于亭台楼阁或路边、水边等处遮拦用。② 户牖（yǒu）：门窗。③ 鸣榔：敲击船舷使之作声。用以惊鱼，使鱼入网中，或为歌声之节拍。④ 骢（cōng）：青白色的马。

【赏析】

本词出自《水浒传》第三十九回《浔阳楼宋江吟反诗　梁山泊戴宗传假信》。

浔阳楼是中国江南十大名楼之一，这首词便是描写浔阳楼盛景的。

名楼，其装饰自然是前几回中小酒店不能比的。它有装饰着雕刻品的飞檐，有描画着精美图案的梁栋，还有碧色的栏杆和翠绿色的帘幕，这段直接描写可以说色彩纷繁，奢华精致。

在其中消费的都是达官贵人，侍奉左右的则是众多的歌姬舞女。描写客人的身份和地位，从侧面表现了浔阳楼的繁华。

描写楼内之景后，作者继续描写楼外之景。浔阳楼临江而建，远眺自然是万重云山，一江烟水。“万”和“一”这两个数词用得极好，“万”突出山之众多，“一”与“万”形成数量上的绝对对比，显现出江水纵横万山之间的广阔。江面上传来有节奏的鸣榔击楫之声，又增添了江边的生活气息。楼的另一侧是陆地，树上野鸟的鸣叫，门前拴着的花骢，都显示着这里自然环境的优雅。

原 文

47. 西江月

自幼曾攻经史①，长成亦有权谋②。恰如猛虎卧荒丘，潜伏爪牙忍受。不幸刺文双颊，那堪配在江州③。他年若得报冤仇，血染浔阳江口。

【注释】

① 经史：经书和史书。② 权谋：权变计谋。③ 江州：今南昌。

【赏析】

本词出自《水浒传》第三十九回《浔阳楼宋江吟反诗　梁山泊戴宗传假信》。

宋江在浔阳楼自酌几杯，突然回忆起自己的遭遇，不觉悲从中来，再加上酒劲涌起，于是就写了这首诗，题在酒店的白粉壁上。

词的前两句写宋江的成长经历。宋江自幼饱读诗书，后来又在衙门做事，应该是很有发展前途的读书人。

第三、四句写了宋江的困境，中间省略了他怒杀阎婆惜吃上官司，之后便是几番坎坷。这里使用了比喻手法，将自己比喻为老虎，以虎落荒丘的困境和潜伏爪牙的痛苦来喻自己此时的感受。

接下来两句是对现实的描写，宋江被刺字发配到江州，可以说是前途无望。

最后两句是宋江对自己不公平遭遇的愤慨与反抗，他希望有朝一日可以沉冤得雪，必定要以血染浔阳江口的方式报仇雪恨。

这首词中表现出来的反抗意识是宋江命途坎坷之后激发出来的，是以前的宋江所没有的。当这样的意识萌发于他的心中时，便预示着人物的命运和故事的走向都将发生巨大的改变。

原 文

48. 宋江反诗

宋 江

心在山东①身在吴②，
飘蓬江海谩嗟吁③。
他时若遂④凌云志，
敢笑黄巢⑤不丈夫。

【注释】

① 山东：指郓城。② 吴：指江州。③ 嗟吁：伤感长叹。④ 遂：顺，如意。⑤ 黄巢：唐末农民起义领袖。

【赏析】

本诗出自《水浒传》第三十九回《浔阳楼宋江吟反诗　梁山泊戴宗传假信》。

这首诗歌是紧接上文《西江月》而写，与《西江月》相比，减少了叙事的部分，增加了抒情的分量。

第一句通过“心”和“身”所在之处的不同，表达了对家中亲人的思念，写了自己如飘蓬一般漂泊于江湖之上，延续了上文宋江对自己身世的感叹。

从“谩嗟吁”开始便与《西江月》有了很大的不同。《西江月》言“他年若得报冤仇”，本诗言“他时若遂凌云志”，“凌云志”乃是一生的愿望，“报冤仇”只是一时的目标。据此可以推知，本诗表达的是宋江内心深处更为真实、隐秘的想法。

“血染浔阳江口”与“笑黄巢”之间更是不能相比。血染浔阳江口，最多让人感觉这是一个有仇必报之人，此人之才不过厮混市井而已。但是黄巢是一代起义军首领，且能文能武，颇有才干。联系上文的《西江月》，宋江自述自己饱读诗书，兼有权谋，这与黄巢何其相似！黄巢起义造反，可惜最后失败，莫非是这引来了宋江之“笑”？

这句话饱含着宋江对建功立业的渴望，但是以他此时因犯罪被朝廷处罚的配军身份，这句寓意颇深的话，必定会为他引来祸患。这就不难理解为什么黄文炳能抓住这首诗兴风作浪，把宋江定为反贼了。

原 文

49. 西江月

仿佛浑如驾雾，依稀好似腾云。如飞两脚荡红尘，越岭登山去紧。顷刻才离乡镇，片时又过州城。金钱甲马①果通神，万里如同眼近。

【注释】

① 甲马：又名纸马或甲马纸，中国民间祭祀财神、月神、灶神、寿星等神祇时所使用的物品。古人祭祀用牲币，秦俗牲用马，唐代玄宗以后始以纸马祀鬼神。

【赏析】

这首词出自《水浒传》第三十九回《浔阳楼宋江吟反诗　梁山泊戴宗传假信》。

《水浒传》中戴宗绰号“神行太保”，原因就是他有道术神行法，可以日行八百里。这首词便是对他“神行”的描述。

中国的神话传说中，有法术的神人一定会腾云驾雾，词的开始首先描绘了腾云驾雾的场景，营造了一种神奇的幻境，来突显戴宗的本领。

接下来两句是对“神行”的具体描述：两脚如飞一般跑得极快，翻山越岭也离开得极快。乍一看像是跑步，但是联系上文腾云驾雾的场景，戴宗的跑步又不是一般的跑步。介于现实和超现实之间的“脚底生风”式的行走，让读者浮想联翩。

“顷刻”“片时”都言时间之短；“乡镇”“州城”是说距离之长。长短的强烈对比，凸显出一个“神”字。

最后一句中“千里”和“近”的对比，依然是表现戴宗的速度之快，“金钱甲马”却又是有意思的。戴宗的甲马是他的神器，用时取出，放置在腿上，行走的速度取决于甲马的数量。甲马用完后要烧掉，同时还要与纸钱一起烧，以示对神灵的敬意，还要忌酒吃素方能灵验。这些内容又为戴宗的“神行”增添了浓厚的神奇色彩，使得这个人物在水浒故事中能够完成一些艰巨的任务，让众人信服。

原文

50. 劫法场

有忠有信天颜助，
行德行仁后必昌。
九死中间还得活，
六阴之下必生阳。
若非吴用施奇计，
焉得公明离法场。
古庙英雄欢会处，
彩旗金鼓势鹰扬①。

【注释】

① 鹰扬：威武的样子。

【赏析】

此诗是《水浒传》第四十回《梁山泊好汉劫法场 白龙庙英雄小聚义》的回首诗。

这首诗概括了本回的主要故事情节。吴用疏忽，使戴宗携带的假信被识破，宋江、戴宗被打入死牢，随即便要问斩，两人到了九死一生之时。

关于宋江脱险，作者认为他平日里乐善好施，助人于危困，先行了忠义仁德，一定会得到回报。其实这个案件中为梁山好汉争取到营救时间的是黄孔目，他是戴宗的朋友，这也是戴宗平时行仁德的回报。所以本诗没有先叙事，而是先把施行忠义仁德的好处说在前面，宋江、戴宗的事件就是很好的证明。

颈联说梁山英雄劫法场一事，充分说明了三点：第一点，吴用“智多星”的名号名不虚传，计划周密；第二点，梁山好汉们有很强的合作能力，他们装扮成市井各色人等混进法场，能够很好地控制局面；第三点，李逵在这场厮杀中十分英勇，他在牢中悉心照顾宋江，也算得上有勇有义之人。只可惜李逵杀红了眼什么都不顾，这也是他最大的弱点。

等众人成功劫了法场，尾联白龙庙小聚会时，梁山已经有二十九位首领，梁山军事集团已经到了初具规模、气势正旺的时候了。

原　文

51. 颂长江

万里长江水似倾，
重湖七泽①共流行。
滔滔骇浪应知险，
渺渺②洪涛谁不惊。
千古战争思晋宋③，
三分割据④想英灵。
乾坤草昧⑤生豪杰，
搔动貔貅⑥百万兵。

【注释】

① 七泽：云梦七泽，在今湖北省境内。② 渺渺：悠远。③ 晋宋：东晋与刘宋王朝。④ 三分割据：指魏、蜀、吴三国鼎足而立。⑤ 乾坤草昧：乾坤，指天地。草昧，创始，草创。⑥ 貔貅：中国古书记载和民间神话传说的一种凶猛的瑞兽，古时候人们常用貔貅来作为军队的称呼。

【赏析】

本诗出自《水浒传》第四十一回《宋江智取无为军　张顺活捉黄文炳》。

宋江带领梁山的军队攻打无为军，在船上见长江烟波浩渺，用这首诗来赞颂长江的雄伟。

诗歌的首联写长江的地理风貌，九千三百里的水面，波涛滚滚；汇聚着其他江水，贯通了云梦泽。一幅壮丽的图景在众人眼前展开。

颔联写水。惊涛骇浪，险象环生，千里之景均是如此，让身处其中之人心惊胆战。长江自古有“天险”之称，此一联着力表现了其“险”。

颈联用典转入议论，晋宋争雄，三分天下，一条长江见证了朝代的更替。多少人在此功成名就，多少人在此灰飞烟灭。这些典故，既是缅怀古代英雄，也是暗示着此番事件还是与争端有关。

尾联可以从两个方面理解：一是承接上一联，长江多有英雄豪杰指挥百万雄兵。二是梁山好汉皆为豪杰，又为宋江之事攻打无为军，这将是发生在长江上的又一场战事。

原 文

52. 火烧黄文炳

黑云匝①地，红焰飞天。焠②律律③走万道金蛇，焰腾腾散千团火块。狂风相助，雕梁画栋片时休；炎焰④涨空，大厦高堂弹指没。骊山顶上，多应褒姒戏诸侯；赤壁坡前，有若周瑜施妙计⑤。丙丁神⑥忿怒，踏翻回禄火车；南陆⑦将施威，鼓动祝融⑧炉冶。咸阳宫殿焚三月⑨，即墨城池纵万牛⑩。冯夷⑪卷雪罔施功，神术栾巴⑫实难救。

【注释】

①匝：环绕，满。②焠（cuì）：烧，灼。③律律：山高峻，此处指火焰烧得高。④炎焰：火焰。⑤赤壁坡前，有若周瑜施妙计：此句指赤壁之战中周瑜定计火烧赤壁。⑥丙丁神：火神。⑦南陆：南方，南方大地。⑧祝融：三皇五帝时夏官火正的官名。炎帝后代黄帝夏官祝融容光为南方灶神火神。⑨咸阳宫殿焚三月：此句指项羽火烧阿房宫。⑩即墨城池纵万牛：此句指战国时齐将田单固守即墨，以火牛之计获胜。⑪冯夷：古代神话中的黄河水神。⑫栾巴：精于道术，一次在朝廷大宴中，将皇帝赐的酒洒向西南，朝廷要治他不敬之罪，他说：“臣适见成都市上火，故臣漱酒为雨救之，非敢不敬。”这就是救火的典故。

【赏析】

本词出自《水浒传》第四十一回《宋江智取无为军　张顺活捉黄文炳》。

黄文炳进谗言，将宋江题壁诗定为反诗，要斩首宋江与戴宗。宋江获救后，要杀黄文炳一家报仇，这首诗写的就是火烧黄文炳家的情景。

第一句是概括之句，写火烧得浓烟滚滚，染红天际。接下来是细节描写，火焰如金蛇四处游走，到处都是燃烧的建筑和分迸的火块。风助火势，用夸张手法表现出顷刻间建筑物便被大火吞灭。

从第四句开始，连续用典，烽火戏诸侯、火烧赤壁、火神动怒、火烧阿房宫、火牛阵，皆是取典故中的“火”，并不取典故之意，这种写法与《草料场大火》一诗手法相同。

原　文

53. 偶遇李鬼

山径崎岖①静复深，

西风黄叶满疏林。

偶逢双斧喽啰②汉，

横索行人买路金③。

【注释】

① 崎岖：山路不平。② 喽啰：旧称占有固定地盘的强人部众，现在多比喻追随恶人的人。③ 买路金：为顺利通过道路，留给恶人的或被抢去的钱财。

【赏析】

这首诗出自《水浒传》第四十三回《假李逵剪径劫单人　黑旋风沂岭杀四虎》。

这首诗歌提到的人是大名鼎鼎的李鬼。诗歌第一句写了李鬼打劫的山林：一是山路崎岖，必定视线不好，路人遇险难有人发现；二是偏僻幽静，林深树密，定然人迹罕至。这样的自然环境，是李鬼打劫的绝佳场所。

第二句一来交代了故事发生的季节——深秋，当时已经是西风起，落叶满地了；二来利用西风吹来的寒冷和满地落叶的萧瑟，营造出一种阴冷的氛围，暗示着会有什么事情发生。

第三、四句写到了李逵偶遇李鬼，发现李鬼顶着自己“黑旋风”的名号打劫路人钱财。从小说情节上看，这首诗推动了情节的发展，引出了新的人物上场。

原 文

54. 李逵杀虎

沂岭西风九月秋，
雌雄猛虎聚林丘。
因将老母身躯啖①，
致使英雄血泪流。
手执钢刀探虎穴，
心如烈火报冤仇。
立诛四虎威神力，
千古传名李铁牛。

【注释】

① 啖：吃。

【赏析】

这首诗出自《水浒传》第四十三回《假李逵剪径劫单人　黑旋风沂岭杀四虎》。

《水浒传》里的打虎英雄有四位：景阳冈打虎的武松，沂岭杀虎的黑旋风，猎虎的解珍、解宝，这四位都非常勇猛。武松打虎为性命，李逵杀虎则是为母报仇，解珍、解宝打虎为生计。

李逵上了梁山，看到宋江父子团聚、公孙胜下山探母，也勾起了他对母亲的思念之情，于是返回家乡，背上母亲，准备接到梁山好生侍奉。

诗歌的首联写到沂岭有雌雄猛虎，这一句的交代在小说结构上是必须的。它为后文李逵母亲被老虎吃掉埋下伏笔，对下文的情节发展也有推动作用。正是因为猎户不能杀虎，才使得李逵杀虎引起了轰动，在人群中看热闹的李鬼的老婆这才认出了李逵。

颔联和颈联写的是李逵杀虎的原因与过程。与武松打虎相比，李逵与虎的搏斗就要简单得多。在这首诗之前，已经写到了李逵的诸多事件，表现了他性格中的勇猛、莽撞，打虎一事不需要再表现这些特点，而是重点展现李逵的“孝”。

母亲被老虎吃掉了，李逵没有因为危险就离开，而是要为母亲报仇，这是身为人子的责任。李逵能够千古传名，不仅是因为他的神力，更重要的是因为他的孝心。作者做这样的详略处理，也是丰富人物性格的需要。

原 文

55. 豪杰聚义诗

豪杰遭逢信①有因，
连环钩锁共相寻。
矢言②一德情坚石，
歃血③同心义断金。
七国④争雄今继迹，
五胡⑤云扰振遗音。
汉廷将相由屠钓，
莫惜梁山错用心。

【注释】

①信：确实。②矢言：正直之言。③歃血：古代举行盟会时，微饮牲血，或含于口中，或涂于口旁，以示信守誓言的诚意。④七国：战国七雄，指东周末期的秦国、齐国、楚国、赵国、魏国、韩国、燕国七个国家。⑤五胡：晋武帝死后，晋室内乱，北方少数民族匈奴族、羯族、鲜卑族、氐族、羌族相继在中原称帝，史称“五胡”。

【赏析】

这首诗出自《水浒传》第四十四回《锦豹子小径逢戴宗　病关索长街遇石秀》。

诗歌的前两联概括讲这一回中出现了众多英雄，他们结下了深厚的情义。

为了救李逵，朱贵、朱福兄弟邀请李云入伙梁山；为寻公孙胜，戴宗遇杨林，杨林引荐邓飞、孟康、裴宣；戴、杨二人偶遇石秀为杨雄解围，杨雄与石秀结义。可以说，这一回以两件事为线索汇聚了众多的人物，且人物出场前后勾连互为因果，故事情节紧凑，人物关系清晰。

颈联以战国七雄争锋和五胡称帝的典故，指当时社会动荡不安，民间群雄四起的状况。同时也暗示这一回中出现的英雄非等闲之辈。

尾联从汉代开国将领的平民身份谈起，以此借指梁山英雄也是可以成就一番事业的。

原　文

56. 祝家店

前临官道，后傍大溪。数百株垂柳当门，一两树梅花傍屋。荆榛[1]篱落，周回绕定茅茨[2]；芦苇帘栊，前后遮藏土炕。右壁厢[3]一行书写：门关暮接五湖宾；左势下[4]七字句道：庭户朝迎三岛客[5]。虽居野店荒村外，亦有高车驷马[6]来。

【注释】

①荆榛（zhēn）：泛指丛生灌木，多用以形容荒芜的情景。②茅茨（cí）：茅草盖的屋顶。亦指茅屋。③右壁厢：右边，右侧。④左势下：左边。⑤三岛客：传说东海的仙人居住在蓬莱、方丈、瀛洲三座海上仙山上。⑥高车驷马：四匹马驾驶的、车盖很高的车。旧时形容高官显贵的阔绰。

【赏析】

这首词出自《水浒传》第四十六回《病关索大闹翠屏山　拼命三火烧祝家店》。

杨雄、石秀、时迁到了郓州，住到祝家店。词中对这个客店的描写，为我们展示出宋代乡村客店的风貌。

首先交代了客店的地理位置：靠路邻水，既保证了客源，又能方便生活。

接下来描写了客店的装饰，和我们之前见过的乡村酒店一样，荆棘篱笆、茅草屋，充满乡村气息；芦苇门帘、大土炕，亦是非常简陋。

门前的对联很有客店的行业特色，上下联的意思就是开门广纳天下客。最后一句说客店虽然偏僻，但是依然有达官贵人到来。这就有点奇怪，客店规格不高，客人规格不低，表面上看似矛盾，联系这个客店在祝家庄上的作用，就可以知道祝家庄势力强大，暗藏着与其他村庄很是不同的秘密。

原 文

57. 二打祝家庄

虎噬[①]狼吞满四方，
三庄人马势无双。
天王绰号惟晁盖，
时雨高名羡宋江。
可笑金睛王矮虎，
翻输红粉扈三娘。
他年同聚梁山泊，
女辈英华独擅场[②]。

【注释】

① 噬：咬，吞。② 擅场：压倒全场，指技艺高超出众。

【赏析】

本诗出自《水浒传》第四十八回《一丈青单捉王矮虎　宋公明两打祝家庄》。

宋江率兵攻打祝家庄，因指挥失误，让军队中了埋伏，被困在庄前，眼看不能脱身。这首诗就写在宋江命运的转折处。

首联接第四十七回陈述的祝家庄与其他两个庄园结成同盟抗击宋江的情况，用“势无双”三个字直接写了祝家庄势力的强大。

颔联点明晁天王命众头领接应宋江。在这一战中，宋江经过实战的历练，他的军事才能一点点展现出来，梁山好汉的战斗合作能力在祝家庄一战中也增强了。

这首诗最大的作用是在颈联引出了一员女将上场，那便是扈三娘。扈三娘武艺了得，被杜兴称为“最英雄”。一场对战，她擒得矮脚虎王英，让梁山泊颜面尽失。尾联揭示了扈三娘最后还是走上了梁山。

这首诗位于回首，在故事内容上，承接上一回回末宋江被围，暗示本回中故事的发展脉络和人物命运，起到了推动故事情节发展的作用。

原文

58. 祝家庄赞

独龙山前独龙冈，
独龙冈上祝家庄。
绕冈一带长流水，
周遭环匝①皆垂杨。
墙内森森②罗剑戟，
门前密密排刀枪。
飘扬旗帜惊鸟雀，
纷纭矛盾生光芒。
强弩硬弓当要路，
灰瓶炮石③护垣墙。
对敌尽皆雄壮士，
当锋多是少年郎。
祝龙出阵真难敌，
祝虎交锋莫可当。
更有祝彪多武艺，
咤叱喑呜④比霸王。
朝奉⑤祝公谋略广，
金银罗绮⑥有千箱。
樽酒常时延⑦好客，

【注释】

① 环匝（zā）：围绕。② 森森：排列密集的样子。③ 灰瓶炮石：灰瓶，古代战具。一种装有石灰的瓶，用以临阵击敌，使敌人不能张目。炮石，古代用炮抛射的石头。④ 喑（yīn）呜：厉声怒喝。⑤ 朝奉：宋时一般用作对豪绅的尊称。⑥ 罗绮（qǐ）：华丽的丝织品。⑦ 延：引进，请。⑧ 镇日：整天，从早到晚。

【赏析】

本诗出自《水浒传》第四十八回《一丈青单捉王矮虎　宋公明两打祝家庄》。

这首诗写了祝家庄的规模与气势。先写了祝家庄的地理位置，独龙冈上祝家庄，冈上有活水环绕，颇似护城河环绕城池。

庄内刀枪、矛盾、弓弩、灰瓶炮石一应俱全，旗帜招展，备战的均是少年英雄。这样的一个庄园，不是我们平时看到的以农耕生活为主的村落，更像是一个有组织有规划的战略集团，这是祝家庄和其他村庄之间的不同。

接下来写的是祝家的势力，祝氏三杰皆有万夫不当之勇；祝家庄的庄主祝朝奉颇具谋略，祝氏一族文韬武略齐备。祝家多金，且平时好客，广罗江湖人士。同时它与李家庄、扈家庄三家结为联盟，在独龙冈是最大的一股势力。这股势力联合的目的是抵抗梁山，他们甚至打出了“擒晁盖，捉宋江”的旗帜，这也是宋江不能容下他们的根本原因。

这首诗出现在宋江一打祝家庄失利，二打祝家庄之前。读者看过祝家庄的严阵以待，就

原 文

山林镇日[8]会豪强。
久共三村盟誓约，
扫清强寇保村坊。
白旗一对门前立，
上面明书字两行：
填平水泊擒晁盖，
踏破梁山捉宋江。

能明白为什么宋江一打祝家庄会失利。这样有组织的庄园，在后面的故事中注定也不会那么容易就被攻下的。

原 文

59. 女将扈三娘

雾鬓云鬟①娇女将，凤头鞋②宝镫③斜踏。黄金坚甲衬红纱，狮蛮带④柳腰端跨。霜刀把雄兵乱砍，玉纤手将猛将生拿。天然美貌海棠花，一丈青当先出马。

【注释】

① 雾鬓云鬟：头发像飘浮萦绕的云雾，形容女子头发之美。② 凤头鞋：汉族传统手工艺品。鞋头以凤纹为饰，故名，亦称“凤翘”。③ 镫：指挂在马鞍两旁的铁制脚踏。④ 狮蛮带：武官用的腰带。

【赏析】

本词出自《水浒传》第四十八回《一丈青单捉王矮虎　宋公明两打祝家庄》。

《水浒传》里的女将有三人：母大虫顾大嫂、母夜叉孙二娘、一丈青扈三娘。三位女将都是武功高强之人，但看绰号便有不同。顾大嫂是卖酒杀牛放赌的，生得“眉粗眼大，胖面肥腰。插一头异样钗环，露两臂时兴钏镯”。孙二娘是卖酒做人肉包子的，生得“辘轴般蠢坌腰肢，棒槌似桑皮手脚……浓搽就两晕胭脂”，这两位的共同点就是彪悍、俗气。

扈三娘出身于士绅之家，自小受到良好的教育，成长环境也优越，自然是大家风范：雾鬓云鬟、凤头鞋、黄金坚甲、狮蛮带，扈三娘的穿戴很讲究。“娇女将”“柳腰”“玉纤手”，每一处的外貌描写都透露着女性特有的柔软与娇美，拥有这样的相貌一定是位美娇娘。诗歌里赞颂她是“天然美貌海棠花”，更是清新脱俗。

难得的是，这位女将武艺了得，与宋江所率之部对垒，一马当先生擒王矮虎，展现出英气逼人的巾帼风范。

原 文

60. 得胜歌

云开见日，雾散天清。旱苗得时雨[①]重生，枯树遇春风再活。一鞭喜色，如龙骏马赴梁山；满面笑容，似虎雄兵归大寨。车上满装粮草，军中尽是降兵。风卷旌旗[②]，将将齐敲金镫响；春风宇宙，人人都唱凯歌回。

【注释】

① 时雨：应时的雨水。② 旌旗：旗帜的总称。

【赏析】

本词出自《水浒传》第五十回《吴学究双用连环计　宋公明三打祝家庄》。

祝家庄与梁山为敌，宋江率领梁山军队三打祝家庄。《水浒传》中从第四十七回到第五十回，花了三万多字的笔墨详细地描写了这一过程。

宋江一打祝家庄失利，二打祝家庄有所起色，在吴用的谋划下三打祝家庄才取得了胜利，整个战事可谓是跌宕起伏。所以当梁山大获全胜之时，之前笼罩全军的阴霾一散而去，这才有了诗歌开头的两句景物描写。云开雾散不是写实之景，只是借用景物给人一扫阴霾的欢喜之感，是虚景。“旱苗得时雨重生，枯树遇春风再活”，既是比喻战局峰回路转，也是比喻新上梁山的众头领的新生。

祝家庄一役，梁山荡平了对抗势力，得粮食五千万石，金银无数；招募了新的山寨头领、兵士，扩充了军事力量。“如龙骏马赴梁山，似虎雄兵归大寨”，全景式地描写浩浩荡荡的队伍归山。前队将领敲金镫，后队将士唱凯歌，这是行进过程中的细节描写。

三打祝家庄是梁山第一次与有组织的武装力量的抗衡，也是山寨内部协同作战的一次尝试。通过这次战斗，逐步形成了晁盖坐镇、宋江领兵、吴用谋划的作战方式，宋江在山寨的领导地位，在这一次战役中实际确立下来。

原　文

61. 戴宗戏李逵

戴宗神术极专精，
十步攒①为两步行。
可惜李逵多勇健，
云车风驾莫支撑。

【注释】

① 攒：积聚，积蓄。

【赏析】

本诗出自《水浒传》第五十三回《戴宗智取公孙胜　李逵斧劈罗真人》。

话说宋江为救小旋风柴进，与军师吴用率梁山泊大军来到高唐州，与知府高廉对战，奈何高廉妖法厉害，唯有公孙胜可克之。于是派神行太保戴宗和李逵二人前往蓟州寻访。戴宗作神行法，须素酒素食不得吃荤，可是李逵秉性顽劣，背后偷吃酒肉，于是戴宗在第二天施展神行大法，稍稍戏耍了李逵一番。

首句起笔即赞扬戴宗“神行太保”的称号绝非徒有虚名，“极专精”三个字高度凝练概括，意味着就神行术一道戴宗算是练到家了，因此即使戴宗武艺箭术不及林冲和花荣，他也是水泊梁山不可或缺的一员大将，许多次危难关头也是亏得戴宗施展神行术传递消息才化险为夷。“十步攒为两步行”，一个“攒”字点出了神行术的实质，别人十步积蓄的距离在戴宗这儿只是轻飘飘的两步，这也难怪一日能行八百里。

最有意思的是最后两句，纵使像李逵那样勇猛无敌的汉子，一旦腿上缚上施了法的甲马，浑如驾云一般飞也似的去了，也是吓得连连大叫，最终认错求饶。以李逵这粗鲁汉子的反应衬托神行法的神妙，也着实有趣。

原　文

62. 清道人隐处

半空苍翠拥芙蓉，
天地风光迥①不同。
十里青松栖野鹤，
一溪流水泛春红②。
疏烟白鸟长空外，
玉殿琼楼罨画③中。
欲识真仙高隐处，
便从林下觅形踪。

【注释】

① 迥：远。② 春红：指落花。③ 罨（yǎn）画：色彩鲜明的绘画。

【赏析】

本诗出自《水浒传》第五十三回《戴宗智取公孙胜　李逵斧劈罗真人》。

戴宗与李逵访遍蓟州城外大小村镇，终于从一个老汉口中得知公孙胜即清道人的隐居处，二人运起神行法，来到九宫县二仙山下，已时至傍晚。

首联起笔颇大，一下子铺展开一幅大气恢宏的画面，翠峰叠嶂簇拥着残阳，天地风光与凡尘俗世迥然不同。

颔联对仗尤为工整，色彩对比亦是分明，一是青中蕴白，一是碧里流红，所见的景物也饶有情趣：这边是青松野鹤遒劲刚健，那边是落花流水细柔婉约，二者浑然一体，和谐共生，此景此境美哉！

再看颈联，视角愈发开阔，浩荡长空之上，偶见青烟缭绕、白鸟飞翔，鲜妍画卷中那若隐若现的不正是仙家楼台吗？此联之景浓淡相宜，颇有仙家隐居之地的风范。也难怪尾联如此结句，原来这正是“真仙高隐”之处，戴宗、李逵终究觅得公孙胜的“形踪”。

原　文

63. 呼延灼

开国功臣后裔[1]，先朝良将玄孙[2]。家传鞭法最通神，英武惯经战阵。仗剑能探虎穴，弯弓解射雕群。将军出世定乾坤，呼延灼威名大振。

【注释】

① 后裔：已死去的人的子孙，后代子孙。② 玄孙：曾孙的儿子，或称孙子的孙子，也就是四世孙。

【赏析】

本词出自《水浒传》第五十四回《入云龙斗法破高廉　黑旋风探穴救柴进》。

在这一回中，高廉败在公孙胜的五雷天罡正法之下，终被雷横斩杀。其兄高俅高太尉奏禀天子，请旨扫清水泊，剿除逆贼，并保举一人担此大任，此人正是呼延灼！

这呼延灼乃是宋国开国之初河东名将呼延赞的嫡派子孙，所以前两句先道明其出身家世，实在是簪缨世族，名门虎将！正因如此，呼延灼继承家学，武艺超群，使两条铜鞭，有万夫不当之勇，在与梁山泊大军对阵的第一战中，就与林冲、扈三娘、孙立几员猛将连番恶斗，不曾落败。由于熟悉兵法，惯经战阵，呼延灼运筹帷幄，不仅奏请调来百胜将军韩滔与天目将军彭玘助阵，还巧设连环马，杀得梁山泊损兵折将。

为了表现呼延灼的艺高胆大，作者用“探虎穴”“射雕群”这样一般人难以完成的任务渲染，只有有如此神力的人，才配有最后两句的评价：将军出世定乾坤，呼延灼威名大振。

原　文

64. 武将吟

幼辞父母去乡邦，
铁马金戈①入战场。
截发为绳穿断甲，
扯旗作带裹金疮②。
腹饥惯把人心食，
口渴曾将虏血尝。
四海太平无事业，
青铜愁见鬓如霜。

【注释】

① 铁马金戈：形容威武雄壮的士兵和战马。② 金疮：中医指刀箭等金属器械造成的伤口。

【赏析】

本诗出自《水浒传》第五十五回《高太尉大兴三路兵　呼延灼摆布连环马》。

这八句诗专讲武将的不易，道尽他们的辛酸悲苦。

首联先说离家不易，未及成年，也许还是“去时里正与裹头”的年纪就要离开父母亲人温暖的怀抱与家乡熟悉的山水，经历“牵衣顿足拦道哭，哭声直上干云霄”的离别之痛，来到军营，经过严格的训练后投奔战场。

颔联言作战不易，“截”“穿”“扯”“裹”四个细节动作，在读者眼前展开这样一幅画面：残阳如血，连日拼杀暂得喘息的兵士，无针无线，只能截下头发来连缀破烂不堪的战甲；缺医少药，无奈扯落千疮百孔的军旗，权作绷带来包裹被利刃砍杀流血不已的伤口，一切只为了活着。

颈联更深一层叙述战争的惨烈，为了活下去，在弹尽粮绝之时，士兵们食人心、喝虏血，战争使人退化成茹毛饮血的动物，肉体的伤痛可以痊愈，心灵的伤害如何修复呢？尾联以“青铜”对“鬓如霜”做结，意蕴深长，当战事已平四海无事之时，当年的少年也已垂垂老矣，即使他因为作战勇猛荣升将军，可此时面对已闲置的铠甲，护心镜上倒影的是残颜衰躯，徒留一声叹息罢了！

原　文

65. 初更角韵

角韵①才闻三弄，钟声早转初更②。云寒星斗无光，露散霜花渐白。六街三市，但闻喝号提铃③；万户千家，各自关门闭户。对青灯学子攻经史，秉画烛佳人上绣床。

【注释】

① 角韵：即角声，五声之一。② 初更：旧时每夜分为五个更次。晚七时至九时为初更。③ 喝号提铃：指夜间警戒之事。提铃，古时从傍晚至拂晓定时摇铃，以示太平无事。

【赏析】

本词出自《水浒传》第五十六回《吴用使时迁盗甲　汤隆赚徐宁上山》。

《水浒传》中写夜景的多是山林野地，暗藏杀机，展现市井夜晚风貌且又如此静谧祥和的并不多见。此时为破呼延灼的连环马，鼓上蚤时迁受命盗取金枪班徐宁的祖传宝物“赛唐猊”，因此来到其家附近守望以待时机。

这是一个多么安静的夜晚。刚听得三遍角声徐徐传来，谯楼禁鼓已报时至初更。抬头仰望，云寒风冷，本应灿烂的星河显得暗淡无光；低头俯视，更深露重，却因寒冷凝结成银白色的霜花。通过视角的变换，以“星斗无光”“霜花渐白”突出一个“寒”字。为生活奔忙一天的人们各自回家，东京汴梁的大街小巷，早已不复白天的熙熙攘攘和热闹喧嚣。千家万户，关门落锁，只能听到巡夜人手摇铜铃，大声喝号，提醒夜间安全警戒之事。此一“但闻”，以动衬静，越发凸显夜的寂静安谧。

不过，也有那不愿休憩之人，如那想要蟾宫折桂的学子还在青灯下苦读，如那待字闺中的少女还要在烛光中准备嫁衣，也像那鼓上蚤时迁，为解梁山之困正在伺机而动准备盗甲。

原 文

66. 赚徐宁

宝铠悬梁夜已偷，
谩①将空匣作缘由。
徐宁不解牢笼计，
相趁②相随到水头。

【注释】

① 谩：欺骗，蒙蔽。② 趁：逐，追赶。

【赏析】

本诗出自《水浒传》第五十六回《吴用使时迁盗甲　汤隆赚徐宁上山》。

这四句诗演绎的是一场精妙的骗局，可谓是计中有计，令人防不胜防。

诗的第一句讲的是鼓上蚤时迁名不虚传，凭着一身绝妙的轻功，轻松盗取了徐宁四代祖传之宝，让徐宁又惊又苦，如火上蚂蚁般乱了方寸，此为前计。

第二句是后计，“谩”是此计的核心。三个人物登场，神行太保戴宗先行取出宝甲归山，时迁则带着盛甲的空匣子一路招摇诱引。最关键的人物是金钱豹子汤隆，他作为徐宁的至亲表弟，对徐宁知根知底，若不是他指点藏宝之处，时迁盗宝焉能如此容易得手。此时，汤隆拜访徐宁，以二十两黄金拉近了亲人久别的距离；继而在徐宁告知苦闷缘由时正巧成为了知情人，并哄劝徐宁追赶；更巧的是，在一路寻访中途经的酒店、饭店、客店，徐宁都能得众口一词的回答“确有此人”。如此多的巧合，若在平时，徐宁或可勘破，但丢失了祖传宝物的他只能像一条大鱼，被“空匣子”这个鱼饵勾着，一步步身陷牢笼，直到被铁叫子乐和用药麻翻在地拖上梁山，才恍然大悟，真是“相趁相随到水头”哦！

汤隆赚徐宁上山，黑三郎宋江语：“此计大妙！”

原　文

67. 破呼延灼

人生切莫恃[1]英雄，
术业精粗自不同。
猛虎尚然逢恶兽，
毒蛇犹自怕蜈蚣。
七擒孟获奇诸葛[2]，
两困云长羡吕蒙。
珍重宋江真智士，
呼延顷刻入囊中。

【注释】

① 恃：依赖，仗着。② 七擒孟获奇诸葛：三国时诸葛亮出兵南方，将当地酋长孟获捉住七次，放了七次，使他真正服输，不再为敌。比喻运用策略，使对方心服。

【赏析】

本诗出自《水浒传》第五十七回《徐宁教使钩镰枪　宋江大破连环马》。

这是本回的开场诗，为七言律诗，对概述本回内容有提纲挈领之作用。

首联以劝诫起，阐明人生不破真理：千万不要依仗自己是英雄豪杰就目空一切，世间的学术技艺本有精粗之分，只是种类不同，难论高下。

颔联紧承上联之意，以“猛虎”“毒蛇”尚有“恶兽”“蜈蚣”为天敌来打比方，进一步强调，纵使英雄盖世也并非天下无敌，小心马失前蹄。这四句看似说理，实则呼应第五十五回中呼延灼摆布连环马大败梁山义士后志得意满一事，也暗示了呼延灼接下来的命运。

如果说颔联是以物喻人，那么颈联则是借古喻今了，昔日的孟获、关云长何尝不是勇猛的大英雄，不也被诸葛亮七擒，因吕蒙两困吗？所以，颈联运用典故，突出运用策略的重要性。

尾联既是全诗的收束，又揭示本回内容——宋江在悟得钩镰枪妙法之后，巧设埋伏，一计“藏兵捉将”，杀得呼延灼大败而逃，“顷刻入囊中”。

原　文

68. 西江月

鞭舞两条龙尾，棍横一串狼牙。三军看得眼睛花，二将纵横交马。　使棍的闻名寰海①，使鞭的声播天涯。龙驹虎将乱交加②，这厮杀堪描堪画。

【注释】

① 寰海：海内，全国。② 交加：交错，错杂。

【赏析】

本词出自《水浒传》第五十八回《三山聚义打青州　众虎同心归水泊》。

且说那呼延灼被宋江破了连环马，孤身单骑而逃，不想路上被桃花山小喽啰偷走了御赐踢雪乌骓马，因而投奔旧识青州知府，借兵攻打桃花山，却不料使得三山聚义攻打青州，才有了与霹雳火秦明的这场精彩对决。

词中直接描写这场厮杀的只有开篇两句，初读感觉只是交代了双方的兵器：呼延灼双鞭在手，秦明擎一根狼牙棒。再品这两句，就感觉“活”了起来，一个“舞”字呼呼生风，一个“横”字铿铿有声。金属交错之音不绝于耳，寒光冷色令人目眩。这两人分明旗鼓相当，一个祖上是开国功臣，可谓名门虎将，声名赫赫；一个家学渊源，有万夫不当之勇，闻名海内。这二员猛将纵横交错，一似出海蛟龙，一如下山猛虎，你来我往，难分上下，又怎能怪三军看得眼花缭乱。还是最后一句词总结得恰当：“这厮杀堪描堪画。”

原 文

69. 晁盖亡

背后之言不可谌[1]，
得饶人处且饶人。
虽收芒砀无家客，
殒却梁山主寨身。
诸将缟衣[2]魂欲断，
九原[3]金镞[4]恨难伸。
可怜盖世英雄骨，
权厝[5]荒城野水滨。

【注释】

① 谌（chén）：相信。② 缟衣：指旧时居丧或遭遇其他凶事时所着的白色衣服。③ 九原：其一指春秋时晋国卿大夫的墓地，后泛指墓地；亦指九泉、黄泉等。④ 金镞（zú）：金属制的箭头。⑤ 厝（cuò）：停柩，把棺材停放待葬，或浅埋以待改葬。

【赏析】

本诗出自《水浒传》第六十回《公孙胜芒砀山降魔　晁天王曾头市中箭》。

作为第六十回的回前诗，意味深长。首联告诫世人背后议论别人的话不可相信，不偏听，不偏信，更要有容人之量，放过他人亦是放过自己，其实隐喻晁盖的死因，暗扣后文中因误信和尚谗言导致深陷埋伏中箭而亡的命运。颔联一得一失对比强烈，晁盖虽然在芒砀山喜获三名虎将，却于曾头市中箭身亡，在此回中是一个重要的转折，于全书亦然。颈联第一句描写山寨众头领之殇，缟衣素孝仅为结义，“魂欲断”难诉其哀。第二句则是借九原金镞代抒晁盖之恨，晁盖因史文恭的毒箭而亡，临死尚且嘱咐“若那个捉的射死我的，便叫他做梁山泊主”，焉能不遗恨难消？最后一联一声悲叹，可怜托塔天王仗义疏财，义薄云天，一生英雄盖世，开创下八百里水泊梁山这偌大基业，最后也只能埋骨在这荒城野水之滨，难归故里。

晁盖死后，聚义厅变成了忠义堂，水泊梁山开启了新的篇章。

原 文

70. 曾头市

周回一遭①野水，四围三面高岗，堑②边河港似蛇盘，濠③下柳林如雨密。凭高远望绿阴浓，不见人家；附近潜窥青影乱，深藏寨栅。村中壮汉，出来的勇似金刚；田野小儿，生下的便如鬼子。僧道能轮棍棒，妇人惯使刀枪。果然是铁壁铜墙，端的尽人强马壮。交锋尽是哥儿将，上阵皆为子父兵。

【注释】

① 遭：周，圈。② 堑（qiàn）：防御用的壕沟，护城河。③ 濠（háo）：同“壕”，与“堑”同义。

【赏析】

本词出自《水浒传》第六十回《公孙胜芒砀山降魔　晁天王曾头市中箭》。

晁盖领着五千人马和二十个头领来到曾头市，众好汉立马观看，发现这曾头市果然是个险隘的去处，如何见得，此词为证。

如果撇开最后两句，整首词的结构是典型的分总式，从“铁壁铜墙”和“人强马壮”两个角度尽情展现了此处的“险隘”。且看“铁壁铜墙”，单从地势而言，曾头市三面环山，一面背水，峻峭险恶，可以说是占尽天险；利用如此便利的自然条件，人们挖掘的防御用的堑壕自然非同凡响，“似蛇盘”“如雨密”两个比喻显示了这里的水网密布，充分彰显了人们的智慧。如此大动干戈取得的效果也是极好的，任你是凭高远眺还是俯身细看，都找不到半点形迹。语意层层递进，尽显曾头市森严的戒备。再观“兵强马壮”，在曾家父子的带领下，无论是壮汉、小儿，还是僧道、妇人，都称得上是全民皆兵，如此好战的庄园着实少见。

偏偏作者还觉得意犹未尽，词的末尾又缀上两句“交锋尽是哥儿将，上阵皆为子父兵”，明明白白告诉你人家在战场上的同气连枝、十分默契。也难怪这个貌不惊人的小庄园，让此前所向披靡的梁山大军吃尽苦头，威风尽失。

原 文

71. 沁园春

唇若涂朱，睛如点漆，面似堆琼①。有出人英武，凌云志气，资禀②聪明。仪表天然磊落，梁山上端的驰名。伊州古调，唱出绕梁声。 果然是艺苑专精，风月丛中第一名。听鼓板喧云，笙声嘹亮，畅叙幽情③。棍棒参差，揎④拳飞脚，四百军州⑤到处惊。人都羡英雄领袖，浪子燕青。

【注释】

① 琼：美玉。② 资禀：天资，禀赋。③ 幽情：深远或高雅的情思。④ 揎（xuān）：撸起袖子，露出胳膊。⑤ 军州：古行政区划的名称。

【赏析】

本词出自《水浒传》第六十一回《吴用智赚玉麒麟 张顺夜闹金沙渡》。

浪子燕青是《水浒传》中少有的帅哥之一，从出场词的介绍就可见作者对这个人物的偏爱，瞧他一副潘安貌，尤其是“琼”字暗示燕青应是内秀之人。“有出人英武，凌云志气，资禀聪明”，道出了燕青的勇敢、自信、聪慧的内在气质，能在豪杰纵横的水泊梁山上如鱼得水也就不足为奇了。

上片的最后一句“伊州古调，唱出绕梁声”自然引出下片，转而介绍燕青非凡的才艺。如书中所言，“更兼吹的，弹的，唱的，舞的，拆白道字，顶真续麻，无有不能，无有不会”，正是因为这好本事，燕青才能与一代名妓李师师琴箫和奏，才能以一首声清韵美、字正腔圆的歌让皇帝青眼有加，从而在梁山招安一事上立下大功。

作为英雄，武功高强是必须的，燕青使得一手好棍棒，小弩箭百发百中，“揎拳飞脚”能将相扑高手擎天柱任原“直撺下献台来”，震惊中原四百军州。

不过，最令人羡慕的还是他“退居山野，为一闲人”的人生结局，看透世事者，浪子燕青也！

原 文

72. 野渡惊鸥

生涯临野渡①，
茅屋隐晴川。
沽酒浑家②乐，
看山满意眠。
棹③穿波底月，
船压水中天。
惊起闲鸥鹭，
冲开柳岸烟。

【注释】

① 野渡：荒落之处或村野的渡口。② 浑家：此处指全家。《水浒传》中其他处指古人谦称自己妻子的一种说法，意思是不懂事，不知进退的人。③ 棹：长的船桨。

【赏析】

本诗出自《水浒传》第六十一回《吴用智赚玉麒麟　张顺夜闹金沙渡》。

话说玉麒麟卢俊义听信吴用占卜，执意要游泰山避灾，却不想自投罗网，被梁山头领们团团围住，慌不择路，满目芦花烟水，忽见一渔翁摇一只小船出来，情景正如此诗。

这是一首五言律诗，单看前两联，颇有王维的山水田园诗歌的味道。这首诗叙述了渔翁简单而悠闲的生活：在村野的渡口捕鱼为生，家有茅舍一间，拿鱼换些薄酒自饮自乐，看着窗外的远山也能美美地睡上一觉。其中首联的"隐"字用得精妙，茅屋在平原之上好像隐藏起来了，足见其小。

与前两联的恬静相比，后两联要生动活泼一些。夜空倒映在水面上，小船在水面上飘荡，长长的船桨搅碎水中的月影，惊动了水边闲适的鸥鹭，骤然飞向岸边的烟柳深处。这似乎是渔翁生活的另一番情趣，但其中的"穿""压""惊""冲"四个动词隐隐有一种威势，再联想小说中卢俊义此时的处境，令人感受到宁静之下暗藏杀机。

原　文

73. 咏关胜

古来豪杰称三国，

西蜀东吴魏之北①。

卧龙②才智谁能如，

吕蒙③英锐真奇特。

中间虎将无人比，

勇力超群独关羽④。

蔡阳⑤斩首付一笑，

芳声千古传青史。

岂知世乱英雄亡，

后代贤良有孙子。

梁山兵困北京危，

万姓荒荒如乱蚁。

梁公请救赴京师，

玉殿丝纶⑥传睿旨。

前军后合狼虎威，

左文右武生光辉。

中军主将是关胜，

昂昂志气烟云飞。

黄金铠甲寒光迸，

水银盔展兜鍪⑦重。

面如重枣美须髯，

【注释】

① 魏之北：指三国时期的曹魏，由于曹魏在三国之中占据长江以北的广大中原地区，故得此称。② 卧龙：指诸葛亮，字孔明，号卧龙。③ 吕蒙：东汉末年名将，随孙策为将，以胆气称，累封别部司马。④ 关羽：字云长，东汉末年蜀国名将。⑤ 蔡阳：东汉丞相曹操部下武将，汝南太守。建安六年（201年），奉曹操之命攻击与刘备联合的汝南贼龚都等人，兵败被关羽杀害。⑥ 丝纶：皇帝制诏及三省同奉圣旨所发省札之类的泛称。⑦ 兜鍪（dōu móu）：古代战士戴的头盔。秦汉以前称胄，后叫兜鍪。⑧ 紫骝：古骏马名。

【赏析】

本诗出自《水浒传》第六十四回《呼延灼夜月赚关胜　宋公明雪天擒索超》。

这首诗是盛赞关胜的。因为关胜是三国名将关羽的后裔，因而诗歌以三国人物开篇。首句叙述“三国鼎立”之形势，以雄浑的社会背景为人物进行铺垫。紧接着写了诸葛亮、吕蒙这些三国名人，他们不是主角，仅仅是为了衬托关羽的勇力超群。作者煞费苦心地对关胜的家世背景进行渲染，就是为了突出他是名门之后，家世煊赫。

从“梁山兵困北京危”到“左文右武生光辉”写的是梁山大军围困北京大名府，在这样的情况下，关胜受命迎敌。英雄出场还是被前后左右簇拥着，没有直接的描写。从“中军主将是关胜”到最后一句，才是关胜的直接描写，可谓是“千呼万唤始出来”。这部分写了

原 文

锦征袍上蟠双凤。
衬衫淡染鹅儿黄，
雀靴雕弓金镞莹。
紫骝[8]骏马猛如龙，
玉勒锦鞍双兽并。
宝刀灿灿霜雪光，
冠世英雄不可当。
除此威风真莫比，
重生义勇武安王。

关胜的戎装披挂，威武华美；写了他的座下骏马，威猛如龙；写了他的兵器发出灿灿寒光。更甚至，作者将关胜比作武安王关羽重生，足见对关胜的敬仰之情，同时回扣开头对关羽的描写，使得诗歌的结构更加完整。

本回回首冠以此诗，引出了关胜的正式出场。

原 文

74. 西江月

汉国功臣苗裔①，三分良将玄孙。绣旗飘挂动天兵，金甲绿袍相称。　　赤兔马②腾腾紫雾，青龙刀凛凛寒冰。蒲东郡内产英雄，义勇大刀关胜。

【注释】

① 苗裔：后代子孙。② 赤兔马：本名“赤菟”，即红色的像老虎一样的烈马，据说为汗血宝马。赤兔马一直是好马的代表。

【赏析】

本词出自《水浒传》第六十四回《呼延灼夜月赚关胜　宋公明雪天擒索超》。

这一回讲的是，张横偷袭不成反被捉，阮小七救人失败身陷囚车。宣赞在门旗下勒战，不敌花荣。关胜全副武装，绰刀上马，出来迎战。这是第一次写关胜出战的场景。

上片首句点出了关胜乃关羽之后。第二、三句没有再像回首诗那样进行静态的描摹，而是写了关胜出战时绣旗飘动，战马腾腾，兵器晃动时凛凛寒光这些动态的景象。与静态的描写相比，我们更能感受到战场上烈烈战旗带来的威武气势。战马嘶鸣，兴奋地在原地来回踏步，地面上因为马蹄有力踩踏而扬起了尘土，双方对战在即；青龙偃月刀在敌军阵前晃动，杀气十足。

这才是真正的英雄，难怪宋江和吴用看了会暗暗赞叹“将军英雄，名不虚传”。

后面的故事中，宋江阻止林冲、秦明，希望不要误伤了关胜；后来擒得关胜后又以礼相待，最终使得关胜归顺梁山，这与关胜乃是忠良之后，有大将之才是分不开的。

原 文

75. 回首诗

岂知一夜乾坤老，
卷地风严①雪正狂。
隐隐林边排剑戟，
森森竹里摆刀枪。
六花为阵成机堑②，
万里铺银作战场。
却似玉龙初斗罢，
满天鳞甲乱飞扬。

【注释】

①严：紧。②机堑：陷阱。

【赏析】

本诗出自《水浒传》第六十五回《托塔天王梦中显圣　浪里白跳水上报冤》。

这是一首描写雪景的诗歌，首联写到雪借着风势，下了一夜，天地被白雪覆盖，好像一夜白了头。此处的“老”字，不是写天地老态龙钟，而是仅取白发的“白”之意。

颔联、颈联承接上文吴用利用天降大雪之机，挖了陷阱，捉住了索超的故事情节。其中“万里铺银作战场”一句极为出彩。“万里”写雪下得广阔；“铺”字充满动感，一是描绘了雪迅速在地面铺开，表现雪势之强；二是能“铺”的东西一般都会有厚度，表现的是雪之大。万里铺雪，整个雪景的画面大开大合，甚是壮观！

尾联是对雪景的细节描写。风夹着雪花飞舞，密集之时，雪形成的雪带好似玉龙乘着风势飞舞，雪带多的时候又似玉龙相斗。没有风夹着雪的时候，雪花漫天洒落，片片清晰，好像玉龙的鳞片。这场雪写得远近有致。

正是因为这种极端天气，才使得梁山大军的进攻受阻，这才有了后文晁盖托梦宋江，让大军撤离保留实力的故事，推动了故事情节的发展。

原 文

76. 西江月

嘹唳[1]冻云[2]孤雁，盘旋枯木寒鸦。空中雪下似梨花，片片飘琼乱洒。　玉压桥边酒旆，银铺渡口鱼艖[3]。前村隐隐两三家，江上晚来堪画。

【注释】

① 嘹唳（liáo lì）：形容声音响亮凄清。② 冻云：严冬的阴云。③ 艖（chā）：小船、渔船。

【赏析】

本词出自《水浒传》第六十五回《托塔天王梦中显圣　浪里白跳水上报冤》。

宋江患背疮，性命危急。张顺要去建康府寻安道全为宋江治病，他一路顶风冒雪，艰难地到了扬子江边。这首《西江月》就是张顺在江边所见雪景。

上片写动态之景。一只孤雁在寒冬的阴云下凄凉地哀嚎，寒鸦在枯木上空来回盘旋，这一句营造出了凄冷无助的氛围。天寒地冻，张顺只身前行，恰似这孤雁无助。宋江危在旦夕，张顺心中着急，所以像景物里寒鸦一样不知前途如何，焦急地徘徊。空中雪花似梨花，不是唯美之景，而是渲染天降大雪。乱琼碎玉，本是可赏之景，但是张顺此时恐怕无心赏景了吧。

下片写静态的雪景。玉压酒旆，银铺鱼艖，村中也被雪覆盖着，只是隐隐可见两三家。这都说明雪已经下了一段时间，把可见的景物都覆盖住了。天地一片苍茫，恰似画境一般，这是多么有意境的山水画卷。可是想想张顺的任务就能发现，对张顺而言，这并不是美景，而是麻烦。万径人踪灭，他又于何处寻得渡江的船只呢？

原 文

77. 神医安道全

肘后[①]良方有百篇，
金针[②]玉刃得师传。
重生扁鹊[③]应难比，
万里传名安道全。

【注释】

① 肘后：谓随身携带的。指医书或药方。② 金针：泛指用金属制成的医用针具。③ 扁鹊：姓秦，名越人。齐国渤海卢（今济南市长清区）人。战国时期医学家。因他医术高超，被认为是神医，所以当时的人们借用了上古神话中神医扁鹊的名号来称呼他。古人习惯把那些医术高明的医生称为扁鹊。

【赏析】

本诗出自《水浒传》第六十五回《托塔天王梦中显圣　浪里白跳水上报冤》。

这是安道全的出场诗。安道全是梁山上唯一的医生。虽然吴用也能看医书给宋江治病，但毕竟不是专业人士。张顺推荐的安道全才是悬壶济世的医者。

“肘后良方”指安道全的职业，“得师传”说明他的医术乃家传。后文中也有交代，说安道全“祖传内科外科尽得医得”。

为了说明安道全的医术，作者将他与扁鹊进行对比，而且认为即使扁鹊再生也难比得过他。小小的夸张，是为了凸显安道全医术的高超。为了增强可信度，作者又借用“万里传名”作为现实的评价。

前文中安道全治愈了张顺的母亲，后文里用十日的时间使宋江复原，并且晁盖在给宋江托梦时也说，宋江有百日血光之灾，须江南地灵星可救，地灵星便是安道全。这些情节的设置，前后呼应，都反映出安道全的高超医术和他在梁山上不可或缺的作用。

原 文

78. 智取大名府

野战攻城事不通，
神谋鬼计运奇功。
星桥铁锁悠悠展[①]，
火树银花[②]处处同。
大府忽为金璧碎，
高楼翻作祝融红。
龙群虎队真难制，
可愧中书智力穷。

【注释】

① 星桥铁锁悠悠展：这句话是说游人之多。② 火树银花：这是写灯光。

【赏析】

本诗出自《水浒传》第六十六回《时迁火烧翠云楼 吴用智取大名府》。

宋江率军攻打北京城，久攻不下。背疮还未完全治愈，又想出兵北京，救回卢俊义和石秀。吴用替宋江带兵，定下了里应外合之计。本诗的首联承接上回内容，开启本回新的故事。

梁中书虽然惧怕梁山军队，但是当年的元宵节还是挂起各色花灯，以示镇定。颔联写的便是北京城内元宵佳节的灯火盛况。桥上、树上到处挂满了花灯，游人如织，盛况空前。

颈联、尾联写被吴用安排进北京城做内应的各路人马依计行事，时迁火烧翠云楼，梁中书安排的一应人等都没有用处，大名府顷刻间便被攻陷。

作为回首诗，本诗交代了本回的故事梗概，诗歌中对元宵花灯和梁山军队的描写十分形象。虽然是略写，但是依然选择了远景的星桥、火树银花，勾勒出大名府元宵灯节的轮廓。本诗更是把梁山好汉们比成龙虎，写出了他们的英勇与无畏。

原 文

79. 北京上元佳节诗

北京三五[①]风光好，
膏雨初晴春意早。
银花火树不夜城，
陆地拥出蓬莱岛。
烛龙衔照[②]夜光寒，
人民歌舞欣时安。
五凤羽扶双贝阙，
六鳌[③]背驾三神山。
红妆女立朱帘下，
白面郎骑紫骝马。
笙箫嘹亮入青云，
月光清射鸳鸯瓦[④]。
翠云楼高侵碧天，
嬉游来往多婵娟。
灯球灿烂若锦绣，
王孙公子真神仙。
游人轇轕[⑤]尚未绝，
高楼顷刻生云烟。

【注释】

① 三五：指农历月的十五日。② 烛龙衔照：口中衔灯的龙形彩灯。③ 六鳌：神话中负载五仙山的六只大龟。这里指用彩灯堆出的鳌山。④ 鸳鸯瓦：指的是中国传统屋瓦形式，一俯一仰，形同鸳鸯依偎，故称鸳鸯瓦。⑤ 轇轕（jiāo gé）：纵横交错。

【赏析】

本诗出自《水浒传》第六十六回《时迁火烧翠云楼 吴用智取大名府》。

这首诗写的是北京大名府正月十五元宵灯会的盛况，开篇交代地点、时节，膏雨滋润大地，天朗气清，到处都是充满生机的祥和之气。

从“银花火树不夜城”往下六句，都是对元宵花灯的描写。北京城内家家户户悬挂花灯，街头巷尾布满花灯，“不夜城”既是灯如昼，也是人不眠。人在各型各色的花灯中，宛若行走在天上人间。这一句整体写灯会的辉煌，反映出城市的繁华。“烛龙”“五凤”“六鳌”是比较大型的花灯的形状，只选取祥瑞动物花灯进行描写，也有别于宋江在清风寨看灯时对花灯的描写方式。

“红妆女立朱帘下”以下四句写了花灯中游玩的游人，妙龄少女，翩翩少年，红妆白面，美不胜收。更有音乐飘扬而起，元宵节多了几分风雅之气。“翠云楼高侵碧天”以下四句特意点出吴用计策中的重要建筑，此时的翠云楼宾客云集，美女如云，正是宴集欢娱之时。最后一句情节陡转，时迁火烧翠云楼，引出了后面的故事。

原　文

80. 取义舍生

申哙庄公臂断截[①]，
灵辄[②]车轮亦能折。
专诸鱼肠[③]数寸锋，
姬光[④]座上流将血。
路旁手发千钧锤，
秦王副车[⑤]烟尘飞。
春秋壮士何可比，
泰山一死如毛羽。
豫让酬恩荆轲烈，
分尸碎骨如何说。
吴国要离刺庆忌，
赤心赴刃亦何丑。
得人小恩施大义，
剜心刎颈那回首。
丈夫取义能舍生，
岂学儿曹夸大口。

【注释】

① 申哙庄公臂断截：本句指申哙守节死义，为吊唁庄公断臂。② 灵辄：春秋时期晋国侠士，因报答晋国正卿赵盾的救命之恩而闻名。③ 专诸鱼肠：专诸，中国古代“四大刺客”之一。鱼肠，十大名剑之一，专诸置匕首于鱼腹中，以刺杀吴王僚，故称鱼肠剑，是勇绝之剑。④ 姬光：春秋时吴国国君。⑤ 副车：皇帝的从车。

【赏析】

本诗出自《水浒传》第六十七回《宋江赏马步三军　关胜降水火二将》。

虽然这首诗是第六十七回回首诗，但其内容与本回故事关系不大，作者是想借诗中记载的侠士，来喻指本回中的诸位英雄。

申哙曾经为主断臂；灵辄为了报答赵盾的救命之恩，损坏追赶赵盾车马的车轮；专诸在鱼腹中暗藏短剑，为公子光刺杀了吴王僚；张良派遣力士在秦始皇出行时用大铁锤行刺，误中秦王副车；豫让为报答智氏刺杀赵襄子；荆轲受燕太子知遇之恩，为他刺杀秦王嬴政而死；要离刺杀庆忌。这些都是古代有名的义士，他们都是为了实现大义而置自己的安危于不顾。

这里作者显然不是为了单纯地赞扬这些侠士，联系这一回中上梁山的四位好汉，甚至是梁山上所有的好汉，他们并不是为了活命或者只追求大碗喝酒、大口吃肉的生活，他们也是因为世道不公，朝廷黑暗，为了替天行道才聚义在梁山泊。作者将这种行为盛赞为“取义能舍生”，市井之人夸口的取义与之相比是不可同日而语的。

原 文

81. 夜打曾头市

恢恢[①]天网实无端[②]，
消息盈虚未易观。
不向公家尊礼度，
却从平地筑峰峦。
宋江水浒心初遂，
晁盖泉台死亦安。
天道好还非谬语[③]，
身亡家破不胜叹。

【注释】

① 恢恢：宽阔广大。② 无端：没有尽头。③ 谬语：妄言。

【赏析】

本诗出自《水浒传》第六十八回《宋公明夜打曾头市　卢俊义活捉史文恭》。

这是第六十八回回首诗，交代了本回的主要故事情节。梁山的马匹第二次为曾头市所抢，晁天王在第一次去曾头市时，为史文恭所害，因此给晁天王报仇是宋江一日不曾忘怀的事情。“恢恢天网实无端”指的便是这个事件，这次正好给梁山好汉一个机会报仇雪恨。

颔联写曾头市，曾家本是大金国人，在此地依托有利的地势纠集了一伙人，与梁山势不两立。“平地筑峰峦”便是描写曾头市的地势特点，寨前地势狭窄，易守难攻。

颈联点出的是晁天王临死前曾有遗言，能捉住史文恭者为梁山之主。卢俊义活捉史文恭，宋江为晁盖报仇的夙愿终于达成，可告慰晁盖的在天之灵。

尾联是对曾头市一伙人的感叹。古语曾道：不是不报，时候未到。当年曾头市是何等的威风，但是他们取不义之财，伤梁山寨主，做的是不义之事。多行不义必自毙，因果报应也是早晚的事情了。

原　文

82. 五军进发

梁山泊五军先锋，马军遇水叠桥①；水浒寨六丁神将，步卒逢山开路②。七星旗带，飘飘散天上乌云；八卦阵图，隐隐动山前虎豹。鞍上将齐披铁铠，坐下马都带铜铃。九洞妖魔离海内，十方神将降人间。

【注释】

① 遇水叠桥：遇到水阻拦，就架桥通过。② 逢山开路：形容不畏艰险，在前开道。

【赏析】

本词出自《水浒传》第六十八回《宋公明夜打曾头市　卢俊义活捉史文恭》。

曾头市分五个寨栅，吴用便兵分五路分别攻打。这首词便是五路兵马进发之景。

首先写先锋部队的勇猛，遇水架桥，逢山开路，没有什么困难能够阻挡他们前进。接着写队伍出行的旗帜仪仗，七星旗、八卦阵图，这是古代行军打仗时常见的旗帜，有神明庇佑之意，也有队伍训练有素之意。旗帜飘飘，震动天地，气势恢宏。

对行军队伍整体描述完后，接下来便是具体描写统军的将领，他们不仅自己披坚执锐，连骑的战马也佩戴着咚咚作响的铜铃。人精神，马威武，这样的兵马仿佛是十方神将率领着天兵降临人间。

通过这首词的描写，读者能够发现，虽然梁山上聚义的英雄职业不同，性格迥异，但是军队训练有素，军容齐整。这也说明，水泊梁山不是一般的草寇贼窝，梁山的军队也不是散兵游勇，在后面的故事里，这支军队经历大战而不败也是顺理成章的事。

原 文

83. 英雄际会

神龙失势滞①飞升，
得遇风雷便不情。
豪杰相逢鱼得水，
英雄际会②弟投兄。
千金伪买花娘③俏，
一让能成俊义名。
水战火攻人罕敌，
绿林头领宋公明。

【注释】

① 滞：不流通，不灵活。② 际会：聚首，聚会。③ 花娘：旧时指歌女，娼妓。

【赏析】

本诗是《水浒传》第六十九回《东平府误陷九纹龙　宋公明义释双枪将》的回首诗。

首联“神龙失势”接上一回故事。卢俊义活捉史文恭为晁天王报仇，宋江依天王遗言，要立卢员外为山寨之主，但是众人不从。

颔联写宋江与卢俊义各领一队人马，攻打东平府与东昌府，得胜者为王。宋江在东平府收了董平，水浒寨中又添头领，可谓是豪杰相逢，英雄际会。

在攻打东平府时，史进本来计划进城潜伏，里应外合。怎奈他给李瑞兰一包金银后，还是被娼家告发，身陷囹圄。“千金伪买花娘俏”便是指的此事。

尾联中宋江收了董平，由董平带领攻下东平府，此处并无“水战火攻”，诗歌如此写还是为了颂扬宋江的军事才能。宋江这边大战告捷，卢俊义那里节节败退，似乎是在成就宋江的地位。卢俊义上山后几番辞让首领之位，也是位重侠义、识大体的义士。卢俊义谦让，再加上他今番战败，更是突出了尾联宋江的才干。

原 文

84. 收张清

龙虎山中降敕①宣，
锁魔殿上散霄烟。
致令煞曜②离金阙③，
故使罡星下九天。
战马频嘶杨柳岸，
征旗布满藕花船。
只因肝胆存忠义，
留得清名万古传。

【注释】

① 敕：帝王的诏书、命令。② 煞曜：地煞星。③ 金阙：道家谓天上有黄金阙，为仙人或天帝所居。

【赏析】

本诗出自《水浒传》第七十回《没羽箭飞石打英雄 宋公明弃粮擒壮士》。

这是第七十回的回首诗，在这一回中，骁将张清被宋江收入水浒寨中。

诗歌前两联写上天再降指令，又一天罡星降临人间降妖驱魔。这样神话般的开头，暗示着将有新的水浒人物出场，他便是张清。

颈联的前一句说的是张清与宋江大军的对战，以飞石为暗器，连败水浒大寨头领，真是勇不可当。“战马频嘶”取战场上具体的意象来代指战斗，“频”言其多也。后一句讲的是吴用设计以粮草为诱饵，最终在水路擒得张清。“藕花船”也是选取具体意象代指水路运粮。

尾联所述乃指宋江力排众议，保张清不受众将领的伤害，终于使天罡星归位水浒。这里的“忠义”，不仅仅指宋江，也是盛赞梁山诸位好汉为了梁山事业不计前嫌的大度气量。

原 文

85. 七 古

老 郎

祖代英雄播英武，
义胆忠肝咸[①]若古。
披坚自可为干城[②]，
佐郡应须是公辅[③]。
东昌[④]骁将[⑤]名张清，
豪气凌霄真可数。
阵云冉冉飘征旗，
劲气英英若痴虎。
龙鳞铁甲披凤毛，
宫锦花袍明绣补。
坐骑一匹大宛驹[⑥]，
袖中暗器真难睹。
非鞭非简亦非枪，
阵上陨石如星舞。
飞来猛将不能逃，
中处应令倒旗鼓。
感人义气成大恩，
此日归心甘受虏。
天降罡星大泊中，
烨烨[⑦]英声传水浒。

【注释】

① 咸：都。② 干城：指盾牌和城墙，又比喻捍卫者。③ 公辅：古代三公四辅，均为天子之佐。借指宰相一类的大臣。④ 东昌：位于今山东聊城。⑤ 骁（xiāo）将：勇猛善战的将军。⑥ 大宛驹：汗血宝马。⑦ 烨烨：显赫。

【赏析】

本诗出自《水浒传》第七十回《没羽箭飞石打英雄　宋公明弃粮擒壮士》。

这首诗赞扬的是没羽箭张清。张清本是虎骑出身，一身正气，所以说他承袭了英武、忠义之气。“干城、公辅”言其镇守东昌府的才干。

“东昌骁将名张清”往下八句描绘了将军出战的威猛。前两句总写他的“豪气”。接下来以冉冉阵云为背景，衬托阵前将军的劲气。再接下来两句，镜头拉近，细致描写将军披挂：铁甲护片如龙鳞，写铠甲的坚硬；宫锦花袍，写战袍的华美。古代小说中但凡有大将出场，必定有“龙虎”字眼与之相配，座下汗血宝马自然也是良将的标配。

因张清以飞石为暗器，作者特意用四句诗写了此暗器。先写其形——非鞭非简亦非枪，无常形；再写其势——陨石如星舞，防不胜防；最后写其攻击效果——猛将不能逃，中处旗鼓倒，十六位首领无一幸免。若不是吴用用计擒住，张清在梁山很难遇敌手。

诗歌最后四句写张清感念宋江大恩，归降山寨，要在接下来的故事中为山寨建功立业了。

原　文

86. 安骥皇甫端

传家艺术无人敌，
安骥[①]年来有神力。
回生起死妙难言，
拯惫扶危更多益。
鄂公乌骓[②]人尽夸，
郭公騄骐[③]来渥洼[④]。
吐蕃枣骝[⑤]号神驳，
北地又羡拳毛䯄[⑥]。
腾骧[⑦]騋牝皆经见，
衔橛[⑧]背鞍亦多变。
天闲十二[⑨]旧驰名，
手到病除能应验。
古人已往名不刊[⑩]，
只今又见皇甫端。

【注释】

① 安骥（jì）：相马，医治马匹。② 鄂公乌骓：鄂公，尉迟敬德，唐朝名将，凌烟阁二十四功臣之一。乌骓，在秦汉时号称“天下第一骏马”。③ 郭公騄骐：郭公，郭子仪。騄骐，良马名，周穆王八骏之一。④ 渥洼（wò wā）：水名。在今甘肃省安西县，传说产神马之处。⑤ 枣骝：《说唐》中的马，程咬金的坐骑，全身褐色，唯有四肢呈青紫色，乍看之下犹如铁般，故名铁脚枣骝马。⑥ 拳毛䯄（guā）：李世民在洺水作战时所乘的一匹战马，昭陵六骏之一。⑦ 腾骧（téng xiāng）：飞腾，奔腾。⑧ 衔橛（jué）：马嚼子或指驰骋游猎。⑨ 天闲十二：古有渔篑十二闲之说，这句是说，皇甫端医术高明，悠闲自得中治好马匹的各种疾病。⑩ 名不刊：没有值得记载的。⑪ 鹗荐：推举有才能的人。

【赏析】

本诗出自《水浒传》第七十回《没羽箭飞石打英雄　宋公明弃粮擒壮士》。

皇甫端是最后一位上梁山的头领，自他上山后，一百单八将聚义齐全。而且他是唯一的兽医，作者用这首古风来称赞他的医术。

第一、二句用“安骥”点明职业。“骥”为马，“安骥”可理解为“使马安”，那这家传的医术便是相马、医马之术了。第三、四句写这技艺无人敌的具体表现：能使马起死回生，也可拯惫扶危。

从“鄂公乌骓人尽夸”至“衔橛背鞍亦多变”，以各种名马的出现写皇甫端的相马之

原 文

解治四百零八病，
双瞳炯炯珠走盘。
天集忠良真有意，
张清鹗荐[11]诚良计。
梁山泊内添一人，
号名紫髯伯乐裔。

术，照应了最后一句中的“伯乐裔”。

“天闲十二旧驰名”不是实指“天闲十二”的内容，而是用其“闲”字，意为悠闲。此人可以在悠闲的状态下手到病除，加之可治“四百零八病”，看似轻描淡写，实则让人惊叹。

皇甫端天生异貌，碧眼黄须，诗中突出了他的双目炯炯有神，透过眼睛表现了此人的精明。

最后四句交代了皇甫端通过张清的推荐，也走上了梁山聚义之路。

原 文

87. 天书定座次

光耀飞离土窟间，
天罡地煞降尘寰①。
说时豪气侵肌冷，
讲处英风透胆寒。
仗义疏财归水泊，
报仇雪恨下梁山。
堂堂一卷天文字②，
付与诸公仔细看。

【注释】

① 尘寰：人世间。② 天文字：指后文中天书上的文字。

【赏析】

本诗出自《水浒传》第七十一回《忠义堂石碣受天文　梁山泊英雄排座次》。

这首回首诗在结构上的作用依然是承上启下。

首联涉及前两回内容。宋江一打东平，二打东昌救出史进，收齐了天罡地煞一百零八人，完成了聚义。

颔联中的“豪气”“英风”既可指新进入梁山的头领，也可指梁山上所有的英雄，他们每个人都有着惊天动地的故事。说起他们的故事来，感到“侵肌冷”“透胆寒”的恐怕不是百姓，而是那些之前与水浒英雄对峙过的官员，甚至是朝堂上的奸佞权臣。

尾联开启了新的故事情节：天降天书，上面写着一百零八人的星号，为每一位英雄正名。这一情节安排，呼应了小说开头星曜降世之说，一百单八将的反抗行为也由反抗自身命运的小格局，转向了身负使命、替天行道、解救百姓、匡扶社稷的大功德上。自此，水泊梁山之后的故事——招安，打辽国，征方腊，便与国家命运相连，梁山泊逐步走上了可入正史记载的道路。

原　文

88. 梁山聚义

山分八寨，旗列五方。交情浑似股肱①，义气真同骨肉。断金亭②上，高悬石绿之碑；忠义堂前，特扁金书之额③。总兵主将，山东豪杰宋公明；协赞④军权，河北英雄卢俊义。施谋运计，吴加亮号智多星；唤雨呼风，入云龙是公孙胜。五虎将⑤英雄猛烈，八骠骑⑥悍勇当先。马步将军，弓箭枪刀遮路；水军将校，艨艟战舰相连。八寨军兵，守护山头港泊；四方酒肆，招邀远路来宾。掌管钱粮，廉干李应柴进；总驰飞报，太保神行

【注释】

① 股肱（gǔ gōng）：大腿和胳膊，均为躯体的重要部分。此处比喻兄弟。② 断金亭：立于梁山西侧的悬崖之畔，三面环临深谷绝涧。取《易经》中“二人同心，其利断金”之意，梁山头领分配财物之亭。③ 特扁金书之额：指特意挂起金字匾额。④ 赞：辅佐，佐助。⑤ 五虎将：分别是大刀关胜、豹子头林冲、霹雳火秦明、双鞭呼延灼、双枪将董平。⑥ 八骠骑：分别是小李广花荣、金枪手徐宁、青面兽杨志、急先锋索超、没羽箭张清、美髯公朱仝、九纹龙史进、没遮拦穆弘。⑦ 飞符走檄（xí）：飞符，急速传送兵符。走檄，紧急发送文书。⑧ 通臂猿：裁缝出身的侯建的绰号。⑨ 修缉（jī）：修缮。⑩ 甍：屋脊。⑪ 香醪（láo）：香气浓郁，指美酒。⑫ 城垣（yuán）：古代围绕城市的城墙。⑬ 旌节：古代使者所持的节，以之为凭信，后借以泛指信符。这里指郁保四把捧的帅字旗。⑭ 王伯业：指帝王霸主的事业。

【赏析】

本词出自《水浒传》第七十一回《忠义堂石碣受天文　梁山泊英雄排座次》。

一百零八个将领按照石碣天书所言排定位次，这首词单讲梁山泊的好处。

“山分八寨，旗列五方”说的是梁山大寨的总体布局。梁山泊占据山水要冲，按照地理方位进行军事分割管理，东西南北中五个方位遍插旗帜，可见这不是个草寇的居所，而是纪律严明的组织。

“交情浑似股肱，义气真同骨肉”这是说梁山泊里的英雄情义。这两句里“义气”是重点，这是梁山好汉能够聚义的思想核心。

从“总兵主将”开始，直到“郁保四护持旌节”，是对梁山泊各路将领的简介，分成三部分：第一部分是领导者，主将二人、军师二人；第二部分是五虎将、八骠骑、马步将军、水军将校等各路军事头领；第三部分是各职能机构负责人。这里面并没有把一百单八将悉数点到，而是对梁山泊的机构建设进行说明。我们看到，这是一个庞大的组织，内部分工细致有序，囊括了生产生活的各个行业。它就像一个微缩版的现实社会，有着巨大的生长潜力。所以作者说这样的山林和这群聚集的人才，可图霸王之业。

最后一句是忠义堂前朱红牌上的两句话“常怀贞烈常忠义，不爱资财不扰民”，这是梁山泊区别于一般占山为王的人的思想，说明这是一支正义之师。杏黄旗上的“替天行道”，便是天罡地煞降临人间的使命，也是他们奋斗的口号。

纵观全诗，长短句搭配，整齐中又见节奏快慢变化。每句一意，无繁复的描述，语言干净利索，因此诗歌虽长，却无拖沓之感。

原 文

戴宗。飞符走檄[7]，萧让是圣手书生；定赏行刑，裴宣为铁面孔目。神算须还蒋敬，造船原有孟康。金大坚置印信兵符，通臂猿[8]造衣袍铠甲。皇甫端专攻医兽，安道全惟务救人。打军器须是汤隆，造炮石全凭凌振。修缉[9]房舍，李云善布碧瓦朱甍[10]；屠宰猪羊，曹正惯习挑筋剐骨。宋清安排筵宴，朱富酝造香醪[11]。陶宗旺筑补城垣[12]，郁保四护持旌节[13]。人人戮力，个个同心。休言啸聚山林，真可图王伯业[14]。列两副仗义疏财金字障，竖一面替天行道杏黄旗。

原　文

89. 满江红

宋　江

喜遇重阳，更佳酿今朝新熟。见碧水丹山，黄芦苦竹①。头上尽教添白发，鬓边不可无黄菊。愿樽前长叙弟兄情，如金玉。　统豺虎②，御边幅。号令明，军威肃。中心愿平虏③，保民安国。日月常悬忠烈胆，风尘障却奸邪目。望天王降诏早招安，心方足。

【注释】

①黄芦苦竹：黄色芦苇，发黄的竹子。②豺虎：指勇猛无敌的军队。③虏：指入侵的辽国。

【赏析】

本词出自《水浒传》第七十一回《忠义堂石碣受天文　梁山泊英雄排座次》。

这是宋江醉酒后所作之词，也应该是他的抒怀之作。

上片开头点出重阳宴会，有酒待客，兄弟们齐聚一堂。第二句为眼前秋景，入秋之后，北方山上红叶尽染，梁山紧靠水泊，自然是绿水红山之景。碧、丹二色对比强烈，赏心悦目。黄色的芦苇和发黄的竹子，虽也是秋之色彩，但是感觉与碧、丹二色带来的感情并不相容，特别是“苦竹”一词，略带悲秋之情。“鬓边不可无黄菊”是重阳赏菊习俗，头上尽添白发，好似感叹岁月易老。整个上片欢娱之中略透出些许伤感之意。

下片“统豺虎，御边幅，号令明，军威肃”四句是宋江描写自己作为统领管理梁山的情况，三字短句，接连四组，节奏激昂，宋江对自己的这番作为非常自豪。但是他的目标到底是什么？上片中他又因何而伤感？中心愿——平虏、保民、安国，这才是宋江的终极追求。受传统思想影响的宋江，还是把安天下作为己任。但是朝廷奸臣当道，志不得申，确是他的忧心之处。所以，祈愿朝廷招安，是宋江为山寨今后的发展谋求的道路，也是他与其他梁山首领的不同之处。

原 文

90. 东京胜概

一自梁王，初分晋地①，双鱼正照夷门②。卧牛城③阔，相接四边村。多少金明④陈迹，上林苑⑤花发三春⑥。绿杨外溶溶汴水，千里接龙津⑦。潘樊楼⑧上酒，九重宫殿，凤阙天阍⑨。东风外，笙歌嘹亮堪闻。御路上公卿宰相，天街畔帝子王孙。堪图画，山河社稷，千古汴京尊。

【注释】

① 初分晋地：战国时期韩、赵、魏三家分晋，魏惠王迁都大梁，国号为“梁”，这是开封有明确历史记载的第一次建都。② 双鱼正照夷门：双鱼，吉祥物，这里指吉祥的日光。夷门，战国时期魏国都城的东门，后泛指城门，亦成为大梁（今开封）的别称。③ 卧牛城：以开封外城垣形似卧牛而得名。④ 金明：金明池是北宋时期著名的皇家园林，位于东京汴梁城（今开封）外。⑤ 上林苑：皇家园囿。⑥ 三春：春季三个月，农历正月称孟春，二月称仲春，三月称季春。⑦ 接龙津：即龙门。龙门一名河津，故称。⑧ 潘樊楼：汴京有名的酒家，潘楼、樊楼。⑨ 凤阙天阍（hūn）：凤阙，汉代宫阙名称。天阍，帝王宫殿的门。

【赏析】

本词出自《水浒传》第七十二回《柴进簪花入禁院　李逵元夜闹东京》。

这首词写的是汴京之景。汴京是八朝古都，历史悠久，“一自梁王，初分晋地”便是讲战国时期魏惠王迁都大梁，在夷门（汴京）第一次定都的历史。

接着再写汴京的地形。汴京因形似卧牛，故被称为卧牛城。都城连接乡村，四通八达。汴京城外汴水绕城，城内有金明池、上林苑，皇家园林里春意浓浓，自然景观美不胜收。

下文写汴京的建筑。城内建有知名酒楼潘楼、樊楼，还有威严的宫殿。建筑群高耸巍峨，仿若天宫，气派非凡。这样的京城自然繁华，处处笙歌嘹亮，一片歌舞升平的景象。路上可见达官贵胄，尊贵无比，帝都的特点表露无遗，难怪汴京有“汴京富丽天下无”的美誉。

原 文

91. 绛都春

融和初报。乍瑞霭霁色①，皇都春早。翠拥②竞飞，玉勒③争驰都门道。鳌山彩结蓬莱岛，向晚色双龙衔照。绛霄楼④上，彤芝盖⑤底，仰瞻天表⑥。　缥缈。风传帝乐，庆玉殿⑦共赏，群仙同到。迤逦⑧御香，飘满人间开嬉笑。一点星球小，渐隐隐鸣梢声杳。游人月下归来，洞天未晓。

【注释】

① 霁色：晴朗的天色。② 拥（zhōu）：把重物从一端托起或往上掀。③ 玉勒：指马。④ 绛霄楼：宋代古楼台名。宋徽宗在汴梁所造“艮岳”中之楼。⑤ 彤芝盖：朱伞。天子仪仗之一。⑥ 天表：指天子的仪容。⑦ 玉殿：指传说中天界神仙的宫殿。⑧ 迤逦：形容唱歌声和鸟鸣声的悠扬婉转。

【赏析】

本词出自《水浒传》第七十二回《柴进簪花入禁院　李逵元夜闹东京》。

首句点名时节、地点，因为要过元宵佳节，街上翠拥飘飞，装饰华丽。路上车马络绎不绝，元宵节热闹非凡。接下来写花灯，清风寨的花灯似小家碧玉种类繁多；北京大名府和东京汴梁的花灯非常气派，都有花灯堆成的鳌山，都有龙形花灯寓意龙腾吉祥。这两个城市里的元宵之夜必然都是灯火通明。

汴京乃是当时的都城，这首词中少不了对天子与民同乐的场景的描写。天子不出场，照例是三组侧面描写：一写朱伞之下万民敬仰；二写乐音袅袅，邀仙人共赏；三写御香迤逦，飘满人间。读者可以想象一下天子巡游的热闹与庄重。

最后两句写的是元宵节人们彻夜狂欢，游人归时天色未亮。都城的元宵是一番国富民安、士农乐业的景致。

原 文

92. 燕青赞

罡星飞出东南角，
四散奔流绕寥廓。
徽宗朝内长英雄，
弟兄聚会梁山泊。
中有一人名燕青，
花绣①遍身光闪烁。
凤凰踏碎玉玲珑②，
孔雀斜穿花错落。
一团俊俏真堪夸，
万种风流谁可学！
锦体社内夺头筹，
东岳庙中相赛搏。

【注释】

① 花绣：以针在人体臂胸等部位刺上各种花纹，然后以青墨涂之。② 玉玲珑：水仙花的别称。

【赏析】

本诗出自《水浒传》第七十四回《燕青智扑擎天柱　李逵寿张乔坐衙》。

燕青在三十六天罡中排行末位，前面已有诗歌进行过描述。这一回他是故事的主要人物，因为这一回燕青与李逵去东岳庙一闹，加之宋江等人闹东京，成为朝廷招安梁山的导火索。作者在这一回中更加完整地塑造了燕青这一形象。

诗歌前两联还是写水浒英雄聚义的前因后果，这种方式在很多的回首诗中都有体现。接下来的三联着重写了燕青身上的花绣，即文身。《水浒传》里很多好汉都有文身，如史进全身文了九条青龙，鲁智深身上刺了牡丹花。燕青的文身与众不同，一组凤凰踏于水仙花间，一组孔雀穿花，单单是这两只祥瑞的鸟儿便是夺目，更何况还有诸多花卉。燕青是富豪卢俊义的门人，自幼受卢俊义照顾，多才多艺，自然所选文身图案更有风雅格调。燕青本身就肤白俊俏，衬得这文身更是精致。

诗中点出了燕青的绝活：相扑。燕青的相扑可称天下第一，李逵下山时，多是燕青跟随，大半是因为天不怕地不怕的李逵，除了怕宋江，就怕燕青的相扑。燕青在东岳庙中与任原比赛，一方面是用任原之败反衬燕青的技艺高超，另一方面更是通过燕青对李逵的安排，

原 文

功成身退避嫌疑，
心明机巧无差错。
世间无物堪比论，
金风未动蝉先觉。

比赛前的准备，比赛时的应变来表现他“心明机巧无差错”的性格特点。作者评价他“了身达命”，这便是具体的体现。

最后两联说的是燕青在小说中的结局。征完方腊，燕青谏卢俊义无果后，留给宋江一封信，最后四句是“情愿自将官诰纳，不求富贵不求荣。身边自有君王赦，淡饭黄齑过此生”。他比一般人更能看透世事，因此提前功成身退，保全了自己。

原 文

93. 偷御酒

祸福渊潜未易量，
两人行事太猖狂。
售奸暗抵黄封酒，
纵恶明撕彩凤章。
爽口物多终作疾，
快心事过必为殃。
距堙①轒辒②成虚谬，
到此翻为傀儡场③。

【注释】

①距堙（yīn）：靠近敌城所筑的土丘，借以观察城内虚实，并可登城。②轒辒（fén wēn）：古代的战车，用于攻城。③傀儡场：演傀儡戏的场所。亦喻指官场。

【赏析】

本诗出自《水浒传》第七十五回《活阎罗倒船偷御酒　黑旋风扯诏谤徽宗》。

上一回说到燕青东岳庙智扑擎天柱又让李逵惹来麻烦，朝廷终于决定要招安，陈宗善领诏书带御酒前往梁山。李虞侯在阮小七的船上鞭打水手，惹怒活阎王，被算计仓皇换船。阮小七接了封头，喝光了御酒，又以村醪代替御酒，这就埋下祸根。诏书上藐视梁山，李逵手撕诏书，诽谤徽宗，闯下大祸。这就是颔联两句所述之事。

招安本是宋江心心念念之事，朝廷招安在宋江看来是兄弟们的大出路。可是这件事情让阮小七和李逵一顿胡搅，虽逞了口舌之快，却坏了梁山的前途，所以诗中说“祸福渊潜未易量”。

梁山好汉们因为喝了假御酒群起发难，令第一次招安化为泡影，惹来了朝廷十三万大军压境。这恰是故事发展的伏笔之处，若没有梁山对抗朝廷大军的胜利，便不得展现梁山的军事实力，后面也就不可能在抗辽寇、征方腊中获得胜利。

原　文

94. 一败童贯

廊庙徽猷[①]岂不周，
山林却有过人谋。
凤无六翮[②]难高举，
虎入深山得自由。
四斗五方[③]排阵势，
九宫八卦运兵筹[④]。
陷兵损将军容失，
犬马从知是寇仇。

【注释】

① 廊庙徽猷（huī yóu）：廊庙，指殿下屋和太庙，后指代朝廷。徽猷，美善之道。② 六翮：鸟类双翅中的正羽，用以指鸟的两翼。③ 四斗五方：形容旗帜大，有四五斗方。④ 兵筹：用兵的筹策。

【赏析】

本诗出自《水浒传》第七十六回《吴加亮布四斗五方旗　宋公明排九宫八卦阵》。

回首诗首联接上一回，童贯率领朝廷大军讨伐梁山，大军军备充分，军容齐整，士气高涨。到达目的地，太守张叔夜提醒童贯不要轻敌，可惜童贯未听良言。

颔联便是童贯轻敌的后果，吴用、宋江摆下九宫八卦阵将童贯大军危困。颈联用比喻，童贯似凤无六翮，怎能飞出这阵法；而梁山大军在自己熟悉的地方作战，应了天时地利人和，好像猛虎在深山中，来去自由。这一组比喻恰到好处地描绘出两军在对阵时的不同处境和不同结果。

诗歌的尾联既是童贯初败后的心态，也是作者对他的嘲笑。出征之时，童贯认为梁山贼寇不过是水洼草贼，对张叔夜的劝告嗤之以鼻，但见宋江阵法时“才惊得魂飞魄散，心胆俱落”。童贯前后态度的对比，是为了表现梁山惊人的军事战斗力。从另一个侧面看，朝廷官员自高自大，朝堂败落可以知矣。

原 文

95. 回首诗

红日无光气障霾，
纷纷戈戟两边排。
征鼙[①]倒海翻江振，
铁骑追风卷地来。
四斗五方旗影扬，
九宫八卦[②]阵门开。
奸雄童贯摧心胆，
却似当年大会垓[③]。

【注释】

① 征鼙（pí）：出征的鼓声。亦比喻战事。② 九宫八卦：一种古代的军事阵法，相传为诸葛亮发明。③ 大会垓（gāi）：大会战。垓，垓下。刘邦曾率韩信等围攻项羽于垓下，项羽战败而死。后以“会垓”谓会战。

【赏析】

本诗出自《水浒传》第七十七回《梁山泊十面埋伏　宋公明两赢童贯》。

这是本回的回首诗。首联以战火遮天蔽日的环境描写将读者重新引入到两军厮杀的氛围中。“戈戟两边排”则直接描写了对阵双方即将开战的紧张局势。

童贯此次作战，先是被浪里白条张顺在水中“倒海翻江”，吃了大亏；进而中计，在陆地上被梁山埋伏好的各路人马“铁骑追风”，只得败走东京。“振”字写出了张顺独战童贯大军得胜的威武、得意；“卷”字写出了梁山铁骑摧枯拉朽的军事力量。这一联尽显梁山大军威势。

颈联与上一回回首诗颈联呼应，“扬”“开”两字充分说明吴用、宋江战前制定的应对策略在战斗中的实施，也是对颔联具体战斗方式的总结。

尾联陈述了童贯出战的下场：战败逃亡。“奸雄”是对童贯的评价。童贯刚愎自用，导致战败。他回朝后又与高俅、蔡京狼狈为奸，谎报军情，欺瞒皇帝，逃避责任。这样的人既无用兵之才，又无爱兵之心，满脑子都是自己的利益得失。最后一句言明梁山此次所用之计策为十面埋伏。项羽中十面埋伏，留万世英名；童贯中十面埋伏，解世人怨气。此一战两败童贯，真是大快人心！

原 文

96. 海鳅船

前排箭洞，上列弩楼。冲波如蛟蜃[①]之形，走水似鲲[②]鲸之势。龙鳞密布，左右排二十四部绞车；雁翅齐分，前后列一十八般军器。青布织成皂盖，紫竹制作遮洋。往来冲击似飞梭，展转交锋欺快马。五方旗帜翻风，遍插垛楼；两下甲兵挺剑，皆潜复道。搅起掀天骇浪，掀翻滚雪洪涛。来时金鼓喧阗[③]，到处波澜汹涌。荷叶池中风雨响，蒹葭[④]丛里海鳅来。

【注释】

① 蜃：传说中的一种水怪，一说是大蛤蜊，一说是水龙。② 鲲：传说中的大鱼。③ 阗：充满。④ 蒹葭：芦苇

【赏析】

这首词出自《水浒传》第八十回《张顺凿漏海鳅船　宋江三败高太尉》。

本回讲述的是高俅第三次率军与梁山好汉作战的经过。其间，流浪工匠叶春向高俅献计，打造大小两种“海鳅船”来对付梁山好汉。这首词描写的是大海鳅船。船中几百名军士中有人踏水车（词中“绞车”）使船前行，有人在弩楼上发动远攻，有人藏在船舱里等待近战；船四周还有青布紫竹防护，可避箭矢。此船可谓设计精巧，威风凛凛。

全词对仗工整，气势雄浑。起笔开门见山，用“箭洞”“弩楼”两词点明这“海鳅船”是一大杀器。此后，作者用“蛟蜃”“鲲鲸”进行对比，着力勾勒此船行动时翻江倒海，势不可挡之相。又极尽夸张之能事，强调此船快如飞梭，疾胜骏马。随后，作者连用比喻，极力铺陈，生动形象地描绘了船上之景：旌旗招展，军械整齐，戒备森严。最后描绘“海鳅船”迅猛出击之相，视听结合，可谓杀气逼人，让我们替梁山好汉们捏了一把汗。尽管“海鳅船”看似无比强悍，梁山好汉依然找到了破敌之策，大获全胜。从某种意义上讲，这首词既衬托了梁山好汉的智勇双全，也对官军腐朽无能进行了辛辣的讽刺。

原 文

97. 燕李会

俊俏烟花[1]大有情，
玉箫吹出凤凰声。
燕青亦自心伶俐，
一曲穿云裂太清。

【注释】

① 烟花：指妓女。李师师是入乐籍的官妓，官府需要时按制度要应召侍候。

【赏析】

这首诗出自《水浒传》第八十一回《燕青月夜遇道君　戴宗定计赚萧让》。

燕青受命潜入东京，为招安之事找李师师打通关系。李师师欣赏燕青一表人才，与他同吹一管箫。随后，二人拨阮唱曲，互有往来，结为异姓姐弟。最后，李师师引燕青见到了皇帝，使他得以向皇帝表明梁山人马的衷情，为招安立下了大功。

“俊俏烟花”四字简洁地概括了李师师的身份：一位有着花容月貌的青楼女子。作者用一个“大有情”毫不掩饰地表露了李师师对燕青的爱慕。接下来先写李师师吹奏，那一管凤箫奏出的曲调真如鸾凤和鸣一般悠扬动听，她真不愧是受到皇帝宠幸的花魁娘子。而燕青百般伶俐，拿捏得当：知道李师师对他有意，要讨她欢心；又要把握分寸，不能得罪皇帝坏了招安大计。他便使出真本事，箫声清脆高亢，直冲云端，震裂苍穹，技艺丝毫不输给李师师。燕青的为人处世和精湛技艺都受到了作者的称赞。

原 文

98. 五更朝

星斗依稀玉漏[①]残，
锵锵环珮列千官。
露凝仙掌金盘冷，
月映瑶空贝阙寒。
禁柳绿连青琐闼[②]，
宫桃红压碧栏杆。
皇风清穆乾坤泰，
千载君臣际会难。

【注释】

① 玉漏：古代计时漏壶。② 闼（tà）：门。

【赏析】

这首诗出自《水浒传》第八十二回《梁山泊分金大买市 宋公明全伙受招安》。

这首诗描绘的是五更天时宫中的景象。此时宋徽宗驾临文德殿，正质问高俅、童贯征梁山的战果，并与群臣商议招安之事。

首联点出此时夜色尚未褪去，星斗依稀可见。一个“残”字写出了这时漏壶中的水将要流尽，耳听得那微弱的滴答声逐渐淹没在群臣随身玉佩的叮当声中。颔联描写令人耳目一新，宫女们托举的金盘如此冰冷，竟凝集了露珠，袭人凉意好像触手可及；清冷的月辉笼罩着威严的皇宫，仿佛那令人感到“高处不胜寒”的天上宫阙。虽然夜色清冷，但皇帝与群臣已经开始早朝议事了。颈联的“连”与“压”两字极妙：碧柳葱茏，招展的枝条从院内伸到门口；桃花繁盛，满树的花朵压弯了枝头。一红一绿，色彩对比鲜明。依据前后文可知，此时为正月至二月之间，桃树、柳树恐怕并非诗中描写的样子，但为了给后文称赞“乾坤泰”营造了一派繁荣景象，略有虚写也未尝不可。虽然作者刻画的皇帝形象看似贤明，描绘的世道总体太平，怎奈把持朝政的是高俅、童贯一干欺君罔上的奸臣，而宋江这样一心想被招安为国效力的好汉却屡遭阻挠，因而尾联作者不得不无奈地感慨一句“君臣际会难”。

原 文

99. 平辽出京

招摇旌旆[①]出天京，

受命专师事远征。

虎视龙骧[②]从此去，

区区北虏等闲平。

【注释】

① 旌旆：泛指各种旗帜。② 骧：腾跃，抬起。

【赏析】

这首诗出自《水浒传》第八十三回《宋公明奉诏破大辽　陈桥驿滴泪斩小卒》。

此时梁山好汉刚刚接受了招安，北方辽国又派兵前来烧杀抢掠，真是一波未平一波又起。高俅、童贯、蔡京和杨戬四大奸臣一面联手隐瞒辽寇入侵的事实，一面陷害新归顺的梁山好汉。好在殿前都太尉宿元景向皇帝揭穿了事情的真相，保举梁山好汉去代替节节败退的官军来迎击辽寇，以此建功立业。因此，梁山人马受朝廷调遣出发北上抗辽。此诗便作于梁山雄师出京之时。

旌旗招展，激昂雄壮，梁山好汉带着为国效力的自豪与建功立业的渴望大踏步出发了。虽然他们曾是朝廷眼中的“贼寇”，但他们的将领之中藏龙卧虎，甚至连士兵的战斗力有时候都胜于官军。梁山头领中有高级军官出身的，也有出身草莽但身手不凡的，还有身怀一技之长的；士兵虽是由来自不同地方的人混编而成，但与朝廷交锋屡战屡胜，而且令行禁止，不扰平民。“虎视龙骧”既是赞美他们威严的军容，又是称颂他们是龙虎般的勇猛。有如此雄师，作者豪迈地说：“小小辽寇岂不是顷刻间就将灰飞烟灭？”

原　文

100. 征辽寇

志气冲天贯斗牛①，
更将逆虏尽平收。
檀州骁将俱心碎，
辽国雄兵总泪流。
紫塞②风高横剑戟，
黄沙月冷照戈矛。
绝怜③跃马男儿事，
谈笑功成定九州。

【注释】

① 斗牛：斗，二十八星宿之一，通称南斗。牛，二十八星宿之一。② 紫塞：北方边塞。出自晋代崔豹的《古今注·都邑》：“秦筑长城，土色皆紫，汉塞亦然，故称紫塞焉。”③ 怜：爱。

【赏析】

这首诗出自《水浒传》第八十四回《宋公明兵打蓟州城　卢俊义大战玉田县》。

此前梁山好汉与辽国作战，首战告捷，连斩辽将；又计取檀州，再次大获全胜。初战辽寇，宋军便势如破竹。第八十四回以此诗开篇。

作者首联便发出了要将辽寇一网打尽的豪迈之语，好汉们的英气直冲霄汉。颔联不直接刻画好汉们英姿勃发的形象，而是将目光投向了敌国的兵将。“俱心碎”和“总泪流”夸张地描绘了辽寇闻风丧胆的形象，从侧面展现了梁山好汉的骁勇善战。颈联勾勒了一幅边塞月夜图：苍茫大漠上狂风席卷，黄沙飞扬，紫土筑成的边塞上，无情的剑戟戈矛映着同样冰冷的月光。此景阴沉萧索，怎能不让人心生寒意。然而边塞的苍凉冻结不了战士们决胜疆场的一腔热血，枕戈待旦的艰苦敌不过一颗报效国家之心。作者爱极了这男儿的功业，在尾联对戎马生活大加赞赏，绝口不提思乡怀亲的儿女情长和刀头舔血的危险，又用“谈笑”二字极力渲染好汉们平乱定边的轻松。作者的激昂之情达到了顶峰。

原 文

101. 攻蓟州

败将残兵入蓟州，
膻奴①原自少机谋。
宋江兵势如云卷，
扫穴犁庭②始罢休。

【注释】

① 膻（shān）奴：膻，像羊肉的气味。② 扫穴犁庭：犁，用农具耕地。庭，匈奴祭祀天神的场所和军政中心。扫清敌人的巢穴，犁平他们的总部，比喻彻底消灭敌方。典出东汉班固所著《汉书》：“固已犁其庭，扫其闾，郡县而置之。”

【赏析】

这首诗出自《水浒传》第八十四回《宋公明兵打蓟州城　卢俊义大战玉田县》。

本回书讲到宋军夺取檀州后乘胜追击，兵分两路，由卢俊义和宋江为先锋分别从玉田县、平峪县出发攻打蓟州。为此，敌军将领耶律得重定计，先不与宋江的人马交战，而是集中力量攻破卢俊义的军队，最后再去包抄宋江的人马。起初这条计策收效甚好，卢俊义的人马被重重包围，陷入被动，但是辽军没想到的是宋江收到了卢俊义遇险的消息，及时赶来救援，最终两军合力把辽军杀得落花流水。

本诗起句呼应前文的情节，第二句中的“原自”体现了对辽军计策执行效果的出乎意料，看起来一度要置卢俊义人马于死地的分兵拒敌之计，很快就被宋江给破解了。这个小波折将诗歌的整体情绪向上推动，为后文赞扬宋军神武的高潮蓄势。“势如云卷”和“扫穴犁庭”是古代形容军队大获全胜的经典比喻。全诗夹叙夹议，概括上下文情节的同时，字里行间洋溢着对梁山军马英雄气概的高度赞扬。

原 文

102. 鱼鼻山

四围巀嵲①，八面玲珑。重重晓色映晴霞，沥沥琴声飞瀑布。溪涧中漱玉飞琼，石壁上堆蓝叠翠。白云洞口，紫藤高挂绿萝垂；碧玉峰前，丹桂悬崖青蔓袅。引子苍猿献果，呼群麋鹿衔花。千峰竞秀，夜深白鹤听仙经；万壑争流，风暖幽禽相对语。地僻红尘飞不到，山深车马几曾来。

【注释】

① 巀嵲（jié niè）：形容山高峻。

【赏析】

这首词出自《水浒传》第八十五回《宋公明夜度益津关　吴学究智取文安县》。

本回中，梁山众将领屯兵蓟州，以避暑热。宋江在公孙胜的引领下，前往蓟州附近的鱼鼻山紫虚观参拜其师罗真人。众人路上看到的便是这首词描绘的景象。

此处“四围”“八面”皆是高峻而秀美的山峰，好一个幽静之地！抬头望去，清晨的天色与晴日的彩霞交相辉映，调和出一种迷人的色彩；白练似的瀑布飞流直下，琴声般清越的水声响彻山谷。可谓视听结合，有声有色。接下来我们的目光随着水流而下，洁白的水花飞溅，好似那剔透的白璧破碎，比喻形象生动，极富美感。“叠”与“堆”二字，传神地写出了石壁上植物一层压一层的厚重和繁茂，为这幅山中图景涂上了一抹浓重的绿色。“漱玉飞琼”的动与“堆蓝叠翠”的静，相映成趣；水花的白与植被的绿，对比鲜明。描绘完瀑布，作者将视角转移到了高处和远处：山洞前紫藤悬垂，山崖上青蔓袅娜。此处为罗道人隐居之处，猿猴、麋鹿、禽鸟这些动物都沾染了仙气，一举一动富有灵性。这样一处车马未至，清幽僻静，不曾沾染红尘的仙境，为仙风道骨的罗道人的出场提供了一个绝佳的环境。

原 文

103. 破幽州

莫逞区区智力馀，
天公原自有乘除。
谢玄①真得擒王技，
赵括徒能读父书。
青石兵如沙上雁，
幽州势若釜中鱼。
败军损将深堪愧，
辽主行当坐陷车②。

【注释】

① 谢玄：字幼度，东晋著名军事家，曾在“淝水之战”中以少胜多，射杀前秦皇帝苻坚。② 陷车：即囚车。

【赏析】

这首诗出自《水浒传》第八十六回《宋公明大战独鹿山　卢俊义兵陷青石峪》。

本回，宋江、卢俊义不听吴用、朱武的劝告，中了辽军的诱敌之计，结果卢俊义等人被困青石峪。宋江发觉后忙派人探明道路，公孙胜又于峪口破敌妖法，终于救出卢俊义等人。随后，梁山人马又连用妙计，攻破幽州。

本诗是第八十六回的开篇之作，与后文情节照应。首句便直截了当地表达了作者对辽军的嘲笑：别卖弄那一点可怜的智谋了。梁山好汉上应天星，自有苍天护持，而侵略他国的贼寇必然会受到上天的厌弃。接下来作者运用典故，谢玄之典指宋军以寡敌众，击败倾国而出的辽主；赵括之典指兀颜小将军自认为掌握了父亲所授阵法，结果兵败被俘。两个典故言简意赅，内寓褒贬。随后作者又连用“沙上雁”和“釜中鱼”两个比喻，形象贴切地表现了青石峪的辽兵在妖法被破后如沙上落雁，受到惊吓便四散奔逃，而由众辽将把守的幽州城，看似牢不可破，实际上却像锅中之鱼一样唾手可得。最后作者再次嘲笑辽寇几次作战都损兵折将之事，笑称：恐怕离辽主被擒的日子不远了吧？

原 文

104. 取幽州

胡雏卤莽①亦机谋，
三路军兵布列稠。
堪羡宋江能用武，
等闲谈笑取幽州。

【注释】

① 卤莽：同“鲁莽”。

【赏析】

这首诗出自《水浒传》第八十六回《宋公明大战独鹿山 卢俊义兵陷青石峪》。

话说宋江率军在青石峪大破辽军解救了卢俊义后，乘胜追击直取幽州城。此时辽主心知幽州情况不妙，派遣太真驸马与李金吾率兵前往幽州，助幽州守将贺统领一臂之力。贺统领安排两路援军在城外设伏，自己从幽州城正面迎击，最后三路军马合围宋军。然而贺统领的把戏早被吴用轻松识破，吴用调遣得当，巧妙地应对了三路军马，还派兵封锁了贺统领回幽州城的道路，最后贺统领战败身死，李金吾与太真驸马落荒而逃。

第二句一个“稠”字形象地写出了辽军人马众多和排列紧密的样子，但是有如此之势却被宋军追杀得如丧家之犬，不得不说是一个天大的笑话了。在描写征辽之战时，作者用“等闲”二字来刻画宋江指挥若定，谈笑间辽寇灰飞烟灭的形象。虽然其间也有血流漂杵的苦战，破敌也不是每次都顺风顺水，但在这部感情色彩浓烈的英雄传奇中，过度在意细节反倒折了英气与豪气。若是在茶馆中说书，这些略显夸张而豪情无限的诗词想必会引起茶客们高声叫好。

原 文

105. 古 风①

胡马嘶风荡尘土，
旗帜翩翩杂钲②鼓。
黄髯番将跨雕鞍，
插箭弯弓排队伍。
摇缰纵马望南来，
个个扬威并耀武。
刀诛北海赤须龙，
剑斩南山白额虎。
梁山泊内众英雄，
胸中劲气吞长虹。
一朝归顺遵大义，
誓清天下诛群凶。
奉宣直抵幽燕界，
累夺城池建大功。
兀颜统军真良将，
神机妙策欺飞熊。
幽州城下决胜负，
青草山川尘影红。
擒胡破虏容易事，
尽在功名掌握中。

【注释】

① 古风：即古体诗，每篇句数不限，不求对仗，平仄和用韵较自由。这是一首七言古诗。② 钲（zhēng）：古代行军时用的铜制打击乐器。

【赏析】

这首诗出自《水浒传》第八十七回《宋公明大战幽州 呼延灼力擒番将》。

本诗是第八十七回的开篇之作。辽军攻打幽州首战失利后，辽主御驾亲征，倾国而出。本诗起笔先写辽国军队的军容：战马嘶鸣，马蹄下扬起阵阵黄沙；钲鼓铿锵，旗帜猎猎随风飘扬，马上的辽将跨坐鞍鞯华美的良驹，阵前的胡兵身背弓箭，排列整齐。他们自北国南下侵扰中原，战马肆意践踏大宋国土，一度无人能挡。“刀诛北海赤须龙，剑斩南山白额虎”一句想象奇异，读来朗朗上口，带有浓厚的评书式语言特色。对敌人的描写费了这么多的笔墨，并非为了展示对方的威风，只有双方旗鼓相当，故事才精彩，对方派出精兵强将是宋军强劲实力的衬托。交代完敌人的情况后，作者又开始着力刻画梁山兵马的形象：他们胸怀报国之志，上应天命平定四方，战功赫赫，气贯长虹。在战争的决胜阶段，天地间弥漫着鲜红的血色。战争带来的破坏，战士为国家做出的牺牲，全都凝结在这触目惊心的一个“红”字之中。最后，作者一如既往地表达了他的高昂情绪，称一切尽在宋军掌握之中。

原 文

106. 兀颜统军

兵按北方玄武①象，
黑旗黑铠黑刀枪。
乌云影里玄冥②降，
凛凛威风不可当。

【注释】

① 玄武：传说中龟蛇合体的神明，天之四灵之一，源自古人对星象的崇拜。② 玄冥：多种神明以此命名，包括北方之神、寒冬之神、水神等。

【赏析】

本诗出自《水浒传》第八十八回《颜统军阵列混天象 宋公明梦授玄女法》。

本回书讲到辽军接连损兵折将后，集倾国之力，引数倍于宋军的人马前来决战。辽军总指挥兀颜统领摆出太乙混天象阵，其阵守备森严，气势浩大，杀机四伏。全阵共有万名士兵，千匹骏马，分七个旗门，每个旗门由一名大将镇守，又由位于全阵正中的大将统帅。这位统帅就是本诗描写的主人公兀颜统军。这个阵法在九天玄女托梦宋江前让宋军一度无计可施。

诗的第二句连用三个“黑”字，并未带来重复呆板之弊，反倒形成了特殊的韵律感，与“乌”“玄”几个色彩阴暗的词相呼应，使整首诗色调阴暗，与凶险的战局相适应。整首诗对兀颜统军杀气腾腾、威风凛凛的刻画，为后文两军对垒宋军的失利进行了充分的铺垫。

原 文

107. 天寿公主

貌似春烟笼芍药，
颜如秋水浸芙蓉。
玉纤轻搦①龙泉剑，
到处交兵占上风。

【注释】

① 搦（nuò）：持，握，拿着。

【赏析】

这首诗出自《水浒传》第八十八回《颜统军阵列混天象　宋公明梦授玄女法》。

辽主御驾亲征，率领全国精兵强将与宋军对阵。其中有一队人马格外引人注目，而统帅这支队伍的便是应上界太阴星君的辽国天寿公主答里孛，这首诗描写的即是她的形象。

芍药、芙蓉已经是花中美艳的佼佼者，而作者并不满足于用如此简单的比喻描摹她的花容月貌。芍药，若隐若现的朦胧间别有一番神韵；芙蓉，水灵冰肌仿佛吹弹可破。作者并不写实地描摹这位女子的眉眼身材如何，神态性格怎样，只用两种极美的花作比，让读者自己在心中刻画一个配得上如此描述的美丽形象。这样一位国色天香的美人，纤纤玉手中所握的却不是描绘精巧的团扇，而是一把冰冷的龙泉剑。更令人惊奇的是，她在阵前还能屡占上风，真是巾帼不让须眉的典范了。以弱女子之身，行大丈夫之事，强烈的反差更为这位公主增添了一抹传奇色彩。

原　文

108. 破天阵

李靖六花[①]人亦识，
孔明八卦世应知。
混天[②]只想无人敌，
也有神机打破时。

【注释】

① 李靖六花：李靖，隋末唐初军事家，先为隋将，后为唐朝立下赫赫战功。六花，即六花阵，是李靖在诸葛亮八阵图的基础上推衍而来的一种阵法。② 混天：辽军摆出的太乙混天象阵，变化多端，十分厉害。

【赏析】

这首诗出自《水浒传》第八十九回《宋公明破阵成功　宿太尉颁恩降诏》。

辽国摆出了变幻莫测的太乙混天象阵，一度使宋军损兵折将，陷于被动，连智多星吴用和神机军师朱武两位能掐会算的高人都束手无策，不敢轻举妄动。好在梁山军马连连败退之时，九天玄女秘授宋江破阵之法，帮助梁山好汉们成功破阵。措手不及的辽军四散奔逃，兀颜光统帅被斩于马下，天寿公主被擒，辽主仓皇逃窜回燕京，最终举国投降，归顺了大宋。

李靖的六花阵和诸葛亮的八卦阵，都是声名远扬的阵法。不过这都是历史上的军事成果，已经被世人研究透了，不少统帅都熟知破解的办法。太乙混天象阵之所以能与这两大经典阵法比肩，不仅是因为它设计精巧，威力惊人，还是因为它变化莫测，熟悉它、能破解它的人相对较少。所以，混天象阵使宋江屡战屡败，敢自负“无人敌”。但是，在九天玄女的帮助下，此阵依然被破，大辽险被灭国。这个故事告诉我们：处于下风别放弃希望，占尽上风也要小心谨慎啊！

原文

109. 辽寇降

战罢辽兵不自由，
便将降表上皇州。
谦恭已布朝宗义，
蝼蚁真贻[1]败国羞。
剩水残山秋漠漠，
荒城破郭月悠悠。
金珠满载为忱质[2]，
水浒英雄志已酬。

【注释】

① 贻：遗留。② 忱质：为取得对方信任而赠送的礼物。

【赏析】

这首诗出自《水浒传》第八十九回《宋公明破阵成功　宿太尉颁恩降诏》。

辽国都城燕京被围，被迫归降大宋。过去辽国人口中蔑称的“童子皇帝”，现在成了高高在上的“天子”；原来辽国人可以肆意烧杀抢掠，入中原如入无人之境，现在他们不但不敢越雷池一步，还要年年交纳岁币。以“蝼蚁”比喻战败的辽兵，真是极为精当。颈联描绘的是战后城池的荒凉之景：兵戈已远，空余残山剩水；秋风萧瑟，吹不走无限凄凉；盛景不再，只见断壁残垣；明月高悬，照千载兴亡变换。“剩”“残”“荒”“破”四个字写的是人们抚不平的战争创伤，“漠漠”“悠悠”两个叠词，道出的是秋风、明月不随人间事而变得淡漠。二者对比，兴亡沧桑之感顿生，使人心生无限惆怅。暂时放下旧战场上一片凄惨的景象，再看回朝的将士们，金珠满载，功业初成，喜气洋洋。水浒英雄们第一次出征便建立奇功，真是可喜可贺。文中，宋江迫不及待地下令撰文刻碑，以计大功，“志已酬”的喜悦可见一斑。

原 文

110. 五台山参禅

暂弃金戈甲马，来游方外丛林。雨花台畔，来访道德高僧①；善法堂前，要见燃灯古佛。直教一语打开名利路，片言踢透死生关。

【注释】

① 道德高僧：指智真长老。

【赏析】

这首词出自《水浒传》第八十九回《宋公明破阵成功　宿太尉颁恩降诏》。

当年鲁智深路见不平，拳打镇关西，被赵员外送上五台山出家避祸。因两次醉后大闹，鲁智深又被师父智真长老送到东京大相国寺看菜园。虽然他不守纪律，时常杀人放火，但智真长老预言他能修成正果。此次平辽功成，他思念智真长老，要回五台山参礼。宋江也要同去，因而一行人共同前往五台山。第八十九回便于此结束，本词便是结尾。

智真长老早知鲁智深是个达命之人，奈何俗缘未尽，要还杀生之债，不得清净修行。如今辽国已平，鲁智深得以暂时放下兵器，聆听高僧偈语，面对青灯古佛，回归那颗沉寂已久的禅心。高僧“一语”便道破困扰无数人的名利难题，可见其语蕴含道理之深，其人道行之高；而听者只需“片言”便“踢透死生关”，“踢”字极妙，一个有力的动作既显出鲁智深天性的率真豪迈，又显示出他领悟之快、之透。“名利路”与宋江关于梁山前程的提问相对应，“死生关”是对鲁智深未来命运的预言，两段偈语都应验了，可见智真长老确实很厉害，此次参禅影响极为深远。

原 文

111. 伤孤雁

宋 江

山岭崎岖水渺茫，
横空雁阵两三行。
忽然失却双飞伴①，
月冷风清也断肠。

【注释】

① 双飞伴：指雁的配偶。据说大雁失去配偶后至死不会再次求偶。

【赏析】

这首诗出自《水浒传》第九十回《五台山宋江参禅　双林渡燕青射雁。

宋江行至双林渡，忽然看见雁群纷乱，听见大雁惊鸣，心中疑惑。一问方知是燕青初学弓箭，射落数十只雁。宋江认为，大雁失伴而不来侵犯射箭之人，失去配偶后不再配新偶，南飞时前后有序，懂得衔芦过关以避鹰雕，南飞后还将北还，可谓仁、义、礼、智、信五常俱备，是忠义之鸟，如梁山弟兄一般，不应射杀。有感于此，他口中吟诗一首，即为此诗。

山路崎岖不平，河流烟波浩渺，天上雁阵惊寒，列队南归，本就是一派秋日凄凉萧瑟之景。忽然听得一声惊鸣，艰难旅途中的大雁失去了原打算相伴终生的配偶，这突如其来的哀痛，使得那一轮冷月与阵阵清风都感到痛心断肠。月与风本是无情之物，是作者自己有感于心，移情于物，为它们涂抹上一层悲戚之色。宋江认为大雁的忠义与自己的梁山弟兄情谊有相似之处，很不幸，后来梁山好汉们的生离死别也像极了此时的大雁。对此作者早有预示，如第八十回中的“清溪洞里擒方腊，雁行零落悲秋风”和第八十五回中的“始逢冬暮，鸿雁分飞”。难怪宋江吟罢，“心中凄惨，睹物伤情”，难以忘怀。难道冥冥之中他已感知到了自己和兄弟们的命运？

原　文

112. 胡敲（其一）

宋　江

一声低了一声高，
嘹亮声音透碧霄。
空有许多雄气力，
无人提处谩①徒劳。

【注释】

① 谩，通“漫”，全，都。

【赏析】

这首诗出自《水浒传》第九十回《五台山宋江参禅 双林镇燕青遇故》。

本回书中，梁山人马已经平定辽国，为朝廷立下汗马功劳，但朝中奸臣当道，梁山好汉仍被视为草寇而处处行动受限。为了证明自己的忠诚，梁山众将探听到方腊起兵江南的消息后，马上托宿太尉进言要求随朝廷委任的将领前去平叛。在得到朝廷任命的当天，宋江和卢俊义出城回营，看到卖玩具“胡敲”的小贩，宋江百感交集，写下了两首咏物诗，这是其一。

胡敲的特点在于需要用手牵动才能发声，而宋江归顺后不被朝廷信任，又因有人作梗难以向皇帝表明心迹，和胡敲不得鸣叫的境遇十分相似。幸而宿太尉出手相助，宋江才得到为国效力的机会，他在两首咏物诗中两次强调贵人提携的重要性。“透碧宵”“雄力气”“谩徒劳”选词往大处着笔，语言夸张，释放出强烈的力量感，是豪杰抑郁情感的宣泄。第三句由直冲霄汉的豪迈过渡到无人提携的愤激，语言依旧刚硬，气势丝毫不减，“空”和“雄”两个语义反差强烈的词，给读者带来富有力量美的审美体验。

原 文

113. 胡敲（其二）

宋 江

玲珑心地最虚鸣，
此是良工巧制成。
若是无人提挈①处，
到头终久没声名。

【注释】

① 挈：举，提。

【赏析】

这首诗出自《水浒传》第九十回《五台山宋江参禅 双林渡燕青射雁》。

尽管梁山人马平定辽国有护国大功，但奸臣当道，朝廷依旧对他们保持猜疑，不对他们升赏，不调他们出征，也不许他们私自进京。适逢江南方腊造反，梁山人马向宿太尉请缨，于是宿太尉保举他们前往江南协助张诏讨和刘都督平叛。随后新上任的平南都总管宋江与兵马副总管卢俊义出城回营，遇到街上卖小玩具胡敲的汉子，宋江有感而发，写下此诗。

胡敲由两条巧棒中穿小索而成，以手牵动时便有声响。胡敲虽然做工精巧，但是没有手的牵动，仍然不能发出动听的声音。本诗借物喻人，用胡敲来喻指梁山好汉，他们心地真诚如同空心的巧棒，足智多谋好似胡敲做工的精巧。“提挈”与“声名”一语双关，宋江想施展平生的才学就像胡敲想发出声音，宿太尉的举荐就像拉动细绳的那只手，一旦失去了贵人抬举，无论是人还是物都只能沉默。宋江把受到奸臣排挤而不得志的抑郁和对宿太尉举荐的由衷感谢，都寄寓在小小的胡敲上。

原 文

114. 扬子江

万里烟波万里天，
红霞遥映海东边。
打鱼舟子浑[①]无事，
醉拥青篷[②]自在眠。

【注释】

① 浑：完全。② 篷：同“蓑”。

【赏析】

这首诗出自《水浒传》第九十一回《张顺夜伏金山寺　宋江智取润州城》。

宋江派遣柴进、张顺一路，前往打听润州城的虚实，为将来进军润州做好准备。二人胸怀利刃，乔装打扮，来到了北固山下扬子江畔。此时正是初春时节，春暖花香，他们到扬子江边凭高眺望，只见滔滔雪浪，滚滚烟波，真是好一派江上春景。此诗便是为描绘江景而作。

首句连用两个“万里”，形象地描绘了扬子江上烟波浩渺、水天相接、一望无际的辽阔景象。在那遥远的江尽头、天尽头，一抹红霞映在镜面一般的江中，水天一色，色彩柔和，别有一番情致。战事在即，对于这“暴风雨前的宁静”，渔人浑然不觉，潇洒快活地痛饮沉醉，自由自在地披着蓑衣睡在自己的小船中。美景闲情俱在，渔人如此安逸逍遥，真是让人羡慕！想必此时如果看到此景，也会有点怀念当年在浔阳江做渔夫时的快活日子吧。

原 文

115. 金山寺

江吞鳌背，山耸龙鳞。烂银盘涌出青螺，软翠帷远拖素练。遥观金殿，受八面之天风；远望钟楼，倚千层之石壁。梵塔高侵沧海日，讲堂低映碧波云。无边阁，看万里征帆；飞步亭，纳一天爽气。郭璞墓①中龙吐浪，金山寺里鬼移灯。

【注释】

① 郭璞墓：郭璞，字景纯，晋朝人，文学和风水学造诣极高。其墓位于金山。

【赏析】

这首词出自《水浒传》第九十一回《张顺夜伏金山寺　宋江智取润州城》。

张顺欲入金山寺探听关于润州叛军将领吕枢密的消息，隔江眺望金山寺，看到的便是词中描绘的景色。

开篇四个比喻运用巧妙。金山位于扬子江心，恰似江水吞没了巨鳌，只留下一部分甲壳。山上层峦叠翠，映着日光，远看又如披满了龙鳞一般。刘禹锡有“遥望洞庭山水翠，白银盘里一青螺”的诗句，这里借用此诗形容扬子江中的金山。“涌”字传神地表现出金山出于水中，江水起伏好像在吞吐这只青螺一般的景象。而山上草木茂盛，青翠欲滴，江上波涛滚滚，浪花雪白，恰似翠色布匹后拖着一条白练。描绘完金山的概况，作者把目光放到了雄伟的金山寺上。塔高入日，堂低映波，登无边阁远眺，临飞步亭吐纳，令人心旷神怡。金山寺内的宏伟建筑错落有致，气象宏大。最后提到郭璞墓，更是展现了此处风水绝佳，富有灵气，不同凡俗。在紧张的战事描写之外，作者插入了如此美妙的景色描写，丰富了这部小说的内容。

原 文

116. 两虎斗

苟图富贵虎吞虎，
为取功名人杀人。
清世不生邹孟子①，
就中玄妙许谁论？

【注释】

① 邹孟子：孟子，战国时期思想家，儒家学派代表人物。孟子是战国时期邹城人，故称“邹孟子”。

【赏析】

这首诗出自《水浒传》第九十二回《卢俊义分兵宣州道 宋公明大战毗陵郡》。

宋公明率军攻打苏、常二州，与方腊南军大战于毗陵郡。面对旗鼓相当的南军，此战梁山损失惨重，混战中一连折了韩滔、彭玘两个弟兄。为了报仇雪恨，李逵、鲍旭、项充、李衮四个人在阵里乱杀，把杀害二将的仇人高可立、张近仁斩于马下，用他们的头祭奠牺牲的韩滔、彭玘。整场战斗极其悲情。

梁山与南军都是当时的农民起义军，从作战水平看，梁山已经失去了对阵辽军那样的绝对优势。从此时起，每一回中梁山都要折损数员将领，所以双方都可被称为“虎”。而宋江选择了归顺朝廷，方腊选择了抵抗到底。先不论情怀理想，就富贵和功名来讲，双方的追求极为相像。宋江自不必说，他的招安路线就是建立在把文武艺卖与帝王家的基础上，最后讨来朝廷封赏，换得“衣锦还乡”。而方腊建立伪朝廷，也是各级官员名目齐全，大有“麻雀虽小五脏俱全”之意。所以作者感慨二者相斗是希图富贵“虎吞虎”，为了取得功名“人杀人”。宋朝此时的太平世道不会产生孟子，那么在一声遗憾的叹息之后，孰仁孰义就留给当世之人评说吧。

原　文

117. 太湖春

溶溶漾漾①白鸥飞，
绿净春深好染衣。
南去北来人自老，
夕阳常送钓船归。

【注释】

① 漾漾：水面微微动荡的样子。

【赏析】

这首诗出自《水浒传》第九十三回《混江龙太湖小结义　宋公明苏州大会垓》。

混江龙李俊向宋江请缨，要求前往宜兴小港，他悄悄潜入太湖，探听南边的消息，如此宋江便可以进兵四面夹攻，攻破苏州。宋江同意后，李俊带领童威、童猛兄弟二人，盘旋直入太湖，看到的便是诗中描绘的景色。

湖面万顷一碧，如同整块琉璃一般。白鸥振翅而飞，湖面荡起溶溶水波、漾漾涟漪。“溶溶”“漾漾”二词，双声叠韵，在风景优美外更添音韵美。作者所描绘的江上波纹，非心思细腻之人不能感知。湖边花草丰茂，深春时的满眼绿色明净亮丽，引起女子们扎染衣物的爱美之心。南北来往的船只穿梭于湖面，荡起一朵朵洁白的浪花。岁月静好，船上的人在南来北往的旅程中慢慢变老，而太湖却年年依旧，好似永恒的存在。夕阳像一位守约的老友，每日来到水天相接处，目送钓船归去，祝贺渔人又结束了一天的忙碌。这样美丽的湖畔春天是战火纷飞中一幅难得的画面。

原　文

118. 黑松林

阴云四合，黑雾漫天。下一阵风雨滂沱[1]，起数声怒雷猛烈。山川震动，高低浑似天崩；溪涧颠狂，左右却如地陷。悲悲鬼哭，衮衮[2]神号。定睛不见半分形，满耳惟闻千树响。

【注释】

① 滂沱：形容雨下得很大。② 衮衮：连续不断，众多。

【赏析】

这首词出自《水浒传》第九十七回《睦州城箭射邓元觉　乌龙岭神助宋公明》。

宋江将攻打睦州，忽闻探马来报，南军的清溪救军到了，双方在路上短兵相接。清溪军的先锋郑魔君善使妖法，先后击杀了王矮虎、一丈青夫妇。宋江叫鸣金收兵，却被郑魔君使妖法，天地黑暗，迷踪失路。本词描绘的便是宋军中招后看到的景象。

宋军被困在松林里，天昏地暗，张目不见日。首句一个“合”字，形象地写出了阴云在头顶聚拢包围的遮天蔽日之相，给人以极强的压迫感。祸不单行，除了看不清周围景象，天上又下起了滂沱大雨，响起了滚滚惊雷，又给人增添了一层压力。恐怖的事还在后面，霎时间宋军感到山崩地裂，天塌地陷，溪水翻滚，恐怖的声响如同鬼哭神嚎，搅得人胆战心惊。在眼前一片漆黑之时，脚下站立不稳之际，盈满双耳的树响让恐怖指数成倍增加。惊慌、恐惧、绝望，无以复加，作者的刻画循序渐进，可怕的景象层层叠加，让人如临其境，如闻其声。

原　文

119. 颂　子①

鲁智深

平生不修善果，只爱杀人放火。忽地顿开金枷，这里扯断玉锁。咦！钱塘江上潮信来，今日方知我是我。

【注释】

① 颂子：佛经中的唱诵词。这段颂子由鲁智深在圆寂前写下。

【赏析】

这首诗出自《水浒传》第九十九回《鲁智深浙江坐化　宋公明衣锦还乡》。

鲁智深生擒方腊后，征方腊的战争也就结束了。此时他心已成灰，不愿为官，只图个干净去处，只求能安身立命。他谢绝了宋江劝他还俗为官光耀门楣或住持一座名山大刹的建议，无欲无求，清心度日。他在寺中听到浙江潮信后，心知智真长老“听潮而圆，见信而寂”的偈语要应验了，当日便大彻大悟地写下了这段颂子，坦然坐化离世。

鲁智深虽然看破了红尘，领悟了禅机，但语言依然不加雕琢，带有他当年的豪迈与率真。他不是一个传统意义上的僧人，清规戒律对他形同虚设，吃肉喝酒，杀人放火，他无一不做，甚至在坐化前连“圆寂”是什么都不知道。然而他却有慧根，有禅心，经历了太多悲欢离合后参悟了禅机，应了智真长老当年对他的评价，终成正果。他挣脱的“金枷”“玉锁”，不正是对身外的利禄与功名的比喻吗？在立下生擒方腊的大功后，他毫不犹豫地舍弃了唾手可得的身外之物，只求宁静平淡的生活。此时的鲁智深，终于从外在形式到内心情感上都达到了佛门弟子的标准，如他所说，随心而动，活出了那个真正的自我。

原 文

120. 梁山泊

漫漫烟水，隐隐云山。不观日月光明，只见水天一色。红瑟瑟满目蓼[①]花，绿依依一洲芦叶。双双鸂鶒[②]，游戏在沙渚矶头；对对鸳鸯[③]，睡宿在败荷汀畔。林峦霜叶，纷纷万片火龙鳞；堤岸露花，簇簇千双金兽眼。淡月疏星长夜景，凉风冷露九秋天。

【注释】

① 蓼：一种草本植物。② 鸂鶒（xī chì）：像鸳鸯的一种水鸟。③ 鸳鸯：一种鸟，雌雄多成对生活在水边。

【赏析】

这首词出自《水浒传》第一百回《宋公明神聚蓼儿洼 徽宗帝梦游梁山泊》。

蔡京、杨戬、高俅、童贯四大奸臣偷换了御酒，毒杀了宋江，而皇帝对此浑然不知。皇帝夜晚接到梁山阴魂的托梦，被戴宗从东京接引到梁山泊，在忠义堂上听宋江详细诉说了梁山众人的忠义和枉死的冤屈。皇帝醒后经过询问臣下，得知真相的他内心惨然。

本词是皇帝前往梁山泊路上看到的一处景色。云蒸雾绕，烟气朦胧，水泊犹如仙境一般。既然一片忠心难以昭日月，那么便回归壮美水泊图个快活吧！满目红花绿叶，明丽耀眼，无限美好的乐景，再也等不来那昔日在此欢聚的人。水鸟出双入对，它们的团圆美满衬托出了梁山英雄们的悲凉寥落。红叶似龙鳞，金花如兽眼，梁山的一草一木好像都沾染着豪杰气概。而风景如旧，再不见聚义的好汉，物是人非之感隐于字里行间，乐景之下藏有化不开的哀情。长夜漫漫，天星们定国安邦后悲凉地淡出了天空；风冷秋寒，这场水浒大梦是喜是悲就任后人评说吧！